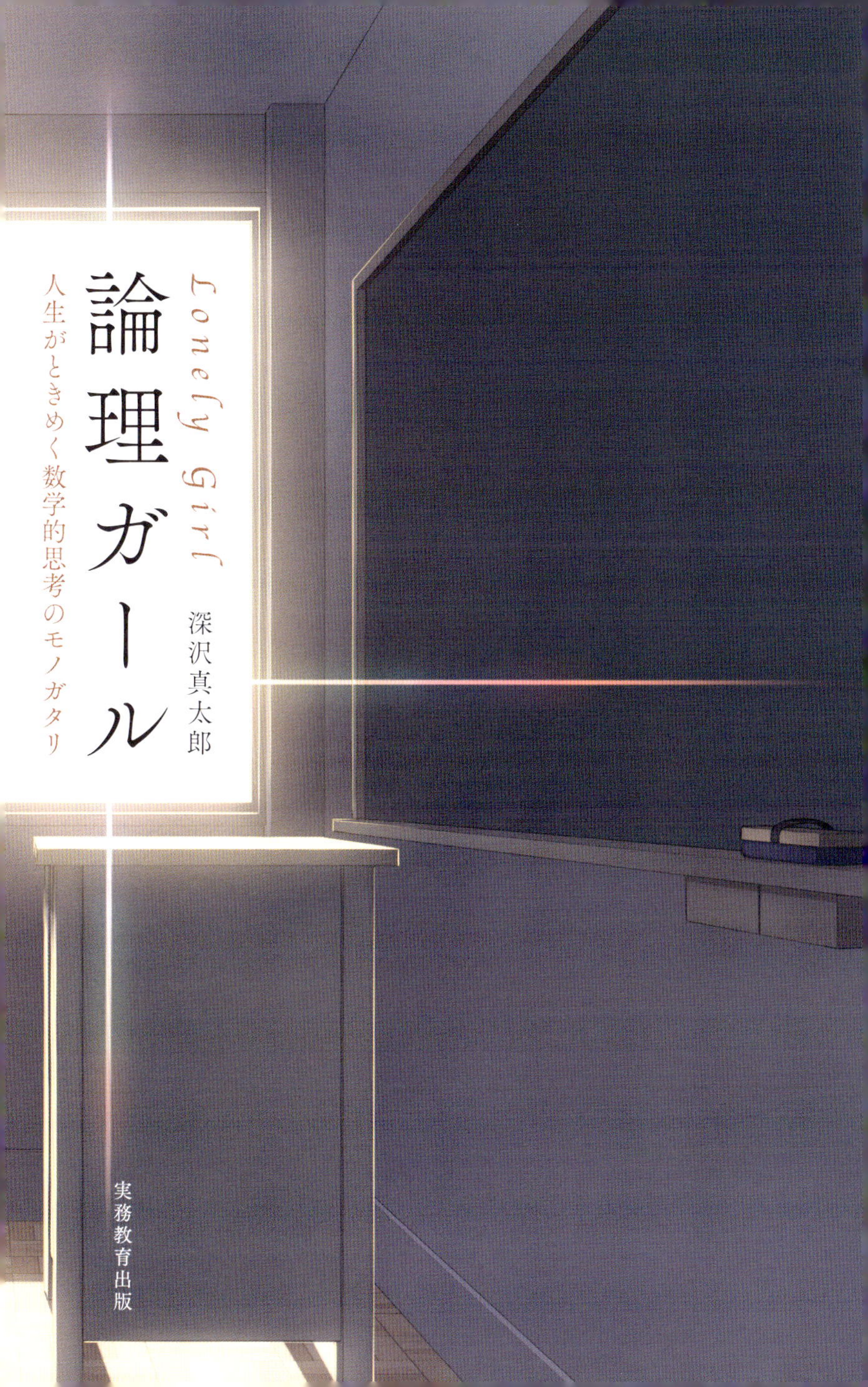
論理ガール
Lonely Girl
人生がときめく数学的思考のモノガタリ
深沢真太郎
実務教育出版

編集	小谷俊介（実務教育出版）
ブックデザイン	萩原弦一郎（256）
イラスト	菅野紗由
校正・校閲	株式会社鷗来堂
制作協力	「論理ガール」制作委員会

「人生の転機はいつだったか?」
この問いに、あなたは即答できるだろうか。
俺はあの時の出会いだったと、
迷わず答えることができる。

私は絶望していた。
知性を感じることができない
大人たちがつくった美しくない世の中で、
どう生きていけばいいのかと。

彼女に教えてもらった景色、
それはとても美しいものだった。
一方、彼女はある問題の答えを探していた。
たった一人で。

数学が、私の心を潤してくれる唯一の存在だった。
偉大な天才たちが遺してくれた宝石。
数学は裏切らない。
でも、人間はそうじゃない。

人はいつ成長するか。
いまならはっきり言える答えがある。
異質なものと出会った時。
それまで避けてきたものと向き合った時だ。

いま私は、その人間社会でどうにか生きている。
それはもしかしたら、
あの時「人間とは何か」を教えてくれた
あの人のおかげなのかもしれない。

俺の人生は、数学との出会いで変わった。
そんなこと、いったいどれだけの人が信じるだろう。
信じてくれなくてもいい。
でも言わせてくれ。本当なんだ。

「人生の転機はいつだったか？」

もしそう訊かれたら、

私の答えは……

あの人にだけは、絶対知られたくない。

今日の相手は手ごわい。すぐそこに王将があるのに、なかなか近づくことができない。桜井詩織《さくらいしおり》は、確実に存在する正解への道筋を頭の中で組み立てる。

やがて、霧が晴れる瞬間が訪れる。相手を攻略するまでの手順がはっきり見える。詩織は勝利を確信する。この瞬間がたまらない。朝日が差し込む居間に、乾いた駒の音が響く。


家を出る時間が近づいてきた。

紺のブレザーにチェックのスカート。正直、あまり好みとはいえないデザインだが、いましか着られないんだから、という祖母の言葉でひとまず自分を納得させている。

高校2年の5月。進路や将来を思案する時間が増えてきた。

詩織は帰国子女だ。15歳まで、アメリカのシアトルに両親と暮らしていた。両親はいまもシアトルにいる。両親との不仲もあり、棋士だった母方の祖父に将棋を習おうと16歳で帰国したが、間もなく祖父は急逝してしまった。いまは祖母と二人で暮らしながら、日本の環境に慣れるため、あえて中くらいの偏差値の公立高校に通っている。

シアトルでは、ひたすら勉強に没頭した。誰かに強要されたわけではない。周囲が皆そのような生徒ばかりだったからだ。シアトルの同級生たちは、自分がいまどんな勉強に興味を持っていて、将来どんなことをしたいのかを、自分の言葉で語っていた。「勉強とは、自分の人生をより良くするために自分からやるもの。親や教師に強制されてやるのは勉強ではなく作業である」という価値観は、この頃に培ったものだ。

とりわけ、詩織は数学にのめりこんだ。物事を整理し、構造を把握し、論理的に思考することで必ず存在する解を導く。その秩序立った行為の「美しさ」と、「問題が解ける」という、シンプルな成功体験の積み重ねが、詩織を数学に夢中にさせた。15歳ですでに日本の高校レベルの数学まで習得していたため、帰国直後の模試でいきなり全国1位をとってしまうという「事件」も起こしていた。

居間にある本棚には、洋書を含め大学で学ぶ高等数学の専門書や、数学の歴史書が整然と並んでいる。最近は、偉大な功績を残した数学者の人生を描いた本を読み漁る日々が続いている。オイラー。ライプニッツ。アーベル。ガロア。フェルマー……特に尊敬するのは、ドイツの数学者カール・フリードリヒ・ガウスだ。幼い頃から周囲を圧倒する天才だったがゆえ、とても生意気だったというガウスに、詩織は勝手に親近感を抱いていた。できることなら、最初に付き合うのは彼みたいな人がいい。

いま詩織の脇に置かれている通学鞄の中に入っているのは、財布と携帯電話、そしてガウスの解説書が一冊だけ。今日の授業中に読破するつもりだ。日本の高校の授業は、あまりに退屈すぎる。

そんな詩織にとってもう一つ夢中になれるものが、将棋だった。囲碁も好きだが、将棋の方がより奥深さを感じられる。将棋はとても数学的な遊びだ。詩織はすぐに夢中になった。ただ、将棋には一つ重要な前提がある。それは「二人でなければできない」ということだ。

将棋盤の向こうには、誰もいない。

棋士だった祖父が半年前に他界し、対戦相手がいなくなったいまはもっぱら一人でできる「詰め将棋」で気を紛らわしている。使っている将棋盤と駒は祖父の形見だ。

オンラインゲームで将棋の対戦を楽しむこともできたが、なんとなく気が進まなかった。

部屋にある鳩時計が「もうそろそろ学校へ行きなさい」と教えてくれている。詩織は正座を崩して無言で立ち上がり、鞄を持って玄関へ向かう。

ドアを開けると、小鳥のさえずりが耳に入ってくる。その鳴き声は、今朝の詩織には少し耳障りに感じた。

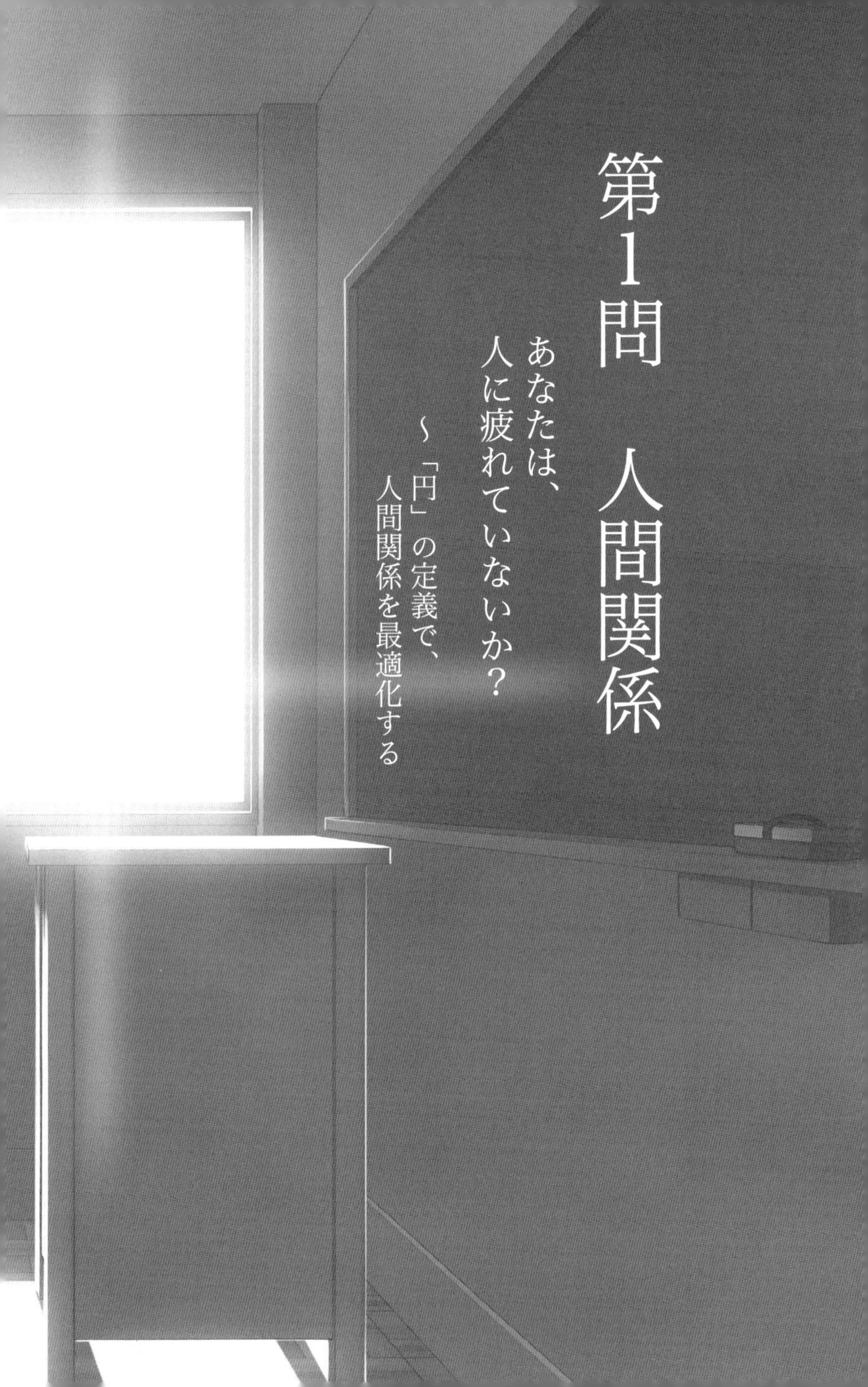

第1問　人間関係

あなたは、人に疲れていないか？

～「円」の定義で、人間関係を最適化する

数学とは、異なるものを同じものとみなすアートである。

アンリ・ポアンカレ

1

「頼む！　一生のお願い」

この言葉を聞くのは、いったい何度目だろう。福山翔太《ふくやましょうた》は、わざとうんざりした表情を松本堅《まつもとけん》、通称マツケンに向けた。桜が散り始める4月初旬、翔太とマツケンはお互い仕事を終え、居酒屋でちょうど一杯目を空けたところだ。

翔太とマツケンは県立青陽高校の同級生。10年前に卒業し、いまも年に数回は会って酒を酌み交わす仲だ。「一生のお願い」はマツケンの高校時代からの口癖だった。当時、この台詞のせいでいったい何度〝カラオケ合コン〟をセッティングするはめになったかわからない。

「あのな、お前の一生のお願いはいったいいくつあるんだよ」

「まあまあそう言わずに、俺と翔太の仲じゃんよ」

「ったく……親父さんからのご指名かよ」

「そういうこと。へへっ」

マツケンの父親は青陽高校のOB・OG会の幹部で、年に1回、卒業生を講師に招いて生徒向けの講演会を開催している。時期は5月の連休明け。今年はホテルマンとして活躍している息子の親友に白羽の矢が立ったということらしい。翔太は大学卒業と同時に、全国展開している有名ビジネスホテルチェーンに就職。主にフロント業務を担当している。

そのうんざりした表情とは裏腹に、翔太はこの話をとてもワクワクしながら聞いていた。学生時代から人付き合いが得意で友人も多かった翔太は、文化祭や部活動でも目立つことが大好きだった。人前で話をすることも苦にならない。大学卒業後の就職先をホテルに決めたのも、「人と接することが好きだから」「コミュニケーションが得意だから」というのが理由だ。実際、採用面接でも見事にさわやかな好青年を演じ、内定を勝ち取っていた。

「しょうがねぇな。謝礼がわりに今日の飲み代おごれよ」

「マジで⁉　サンキュー！　持つべきものは友だな」

「まったく。あ、すいませーん。ビールおかわり！」

翔太は店員に空いたジョッキを手渡しながら、頭の中ではすでに高校生を前に講演している自分を妄想していた。イメージは……スティーブ・ジョブズか？　政治家のオッサンみたいな演説は嫌いだ。TEDみたいなプレゼン？　いいね。どうやって笑いを取ろう。いまの高校生って何に興味あるんだ？　……妄想は止まらない。後輩たちの前で自分の体験談や価値観を話すなんて、とても楽しそうだし、第一カッコいいじゃないか。運ばれてきたビールは、一杯目よりも美味く感じた。

2

名前を紹介された翔太は、後輩たちの拍手の中、壇上に上がった。青陽高校の体育館。800名弱の後輩たちは思い思いの格好でパイプ椅子に腰かけ、「基本、期待してませんから」といった表情でこちらを見つめている。普通の人なら緊張で足が震えるのだろう。しかし翔太はむしろこの状況を「うお、みんな俺見てる。ヤべえなこれ」と楽しむ余裕があった。

マツケンの「一生のお願い」からおよそ1ヶ月、講演で何を話そうか、それなりに真剣に考えてきた。彼らより先に経験したことを、どう自分なりの味づけで伝えるか。考えたシナリオは、我ながら完璧だ。いよいよ始まる。簡単な挨拶のあと、翔太はおもむろに口を開いた。

「僕は、あなたたちの年齢の頃、父を病気で亡くしました」

体育館の空気が変わる。狙い通りだ。翔太は話を続ける。

翔太の父親は、車の部品を製造する中小企業の経営者だった。もともと理系出身で、技術の世界で戦い、38歳で起業。翔太が10歳の時だ。その後事業は順調に成長するも、ライバル企業との熾烈な競争に負け、従業員の退職なども重なり窮地に追い込まれた父は、誰よりも自分を責めた。そして脳梗塞であっけなくこの世を去った。翔太が18歳の時だ。

「自分を責め続けた父は、幸せだったんだろうか……と、強く思うんです」

後輩たちは真剣な眼差しで聞き入っている。オープニングトークはここまでだ。さあ、ここからは楽しくいこう。

「僕は、父親を尊敬しています。でも自分が父親と違うところを一つ挙げるとするなら、ある意味で〝テキトーさがある〟ということだと思っています。先のことなんて考えても仕方ありません。いくら考えたって、なるようにしかならない。結局、人生は楽しく生きるのが一番。その瞬間瞬間に、したいことをしたらいいんじゃないかと思います」

そこから笑いも交え、大いに盛り上がった講演内容は要約すると、次のようなものだった。

・やっぱり友達は多い方がいい（僕のように）
・日本で普通に働いていれば、お金に困ることなんてない。お金を使わないことがカッコいい時代になる（僕のように）
・仕事も同じ。高望みせず普通にやっていればどうにかなる（僕のように）
・真面目な人ほどバカをみる。要領よくやる人がうまくいく（僕のように）
・仕事だけじゃ人生つまらない。恋愛もどんどんしよう（僕のように）
・将来役に立たない学問はしない方が賢い（僕のように）

オッサンたちの好む精神論や、自称評論家がテレビで言いそうな「べき」論。そんなもの誰も聞きたくない。それより、自分のような「イケてる」20代のリアルな生きざまの方がいまの学生には伝わる。そう確信していた翔太は、得意のパフォーマンスも交え、見事にさわやかな大人を演じきった。講演の終了後、翔太の前にはＬＩＮＥ交換の列ができた。翔太は仕事では味わえない充実感を得て、有頂天になっていた。

3

「いや〜、今日はありがとうございました。途中で体育館を抜け出す者がいなかったのは、今回が初めてですよ」

校長から深々と頭を下げられ、さすがの翔太も恐縮した。楽しそうに帰っていく生徒の姿を見て、校長の山上は本当に嬉しそうだ。

「こちらこそ、貴重な機会をいただきありがとうございます。せっかくなので、一人で校舎を少し見てから帰りたいのですが」

快諾を得た翔太は、かつて過ごした教室に足を運んでみることにした。

3年生の時の教室は……たしか4階のちょうど真ん中あたりだったと記憶をたどる。校舎の中は10年前とほとんど変わっていない。まさに、タイムスリップした気分だ。目当ての教室はすぐにわかった。同じような教室が並んでいるのにすぐに見当がつくのは不思議な気がしたが、間違いなくここだ。少し高揚しながら、扉を開けて中に入る。黒板。机と椅子。ロッカー。差し込む夕日。まるで学園ドラマの一コマに入り込んだようだ。窓際まで足を運び、校庭を眺める。かつて、この場所で1年後輩の美奈に告白されたことを思い出していた。

「あの、ちょっといいですか？」

次の瞬間、背後から女性の声が聞こえてきて心臓が飛び出そうになった。あわてて振り返り、制服姿のその女性を見て、ここの生徒だとすぐにわかった。黒縁メガネの中の大きな瞳、真っ黒なショートボブの髪、小柄でスリムな体型、それらはついさっき思い出していた美奈に似ている気がした。

黒縁メガネの女子高生は手を前で組み、じっとこちらを見ている。いや、睨んでいるといった方が正しい。翔太はその目に「圧力」を感じた。

「なに？」

「福山翔太さん、ですよね。先ほどの講演を拝聴させていただいた桜井詩織といいます。初めまして」

「ああ……それはどうも。初めまして」

翔太は応じながら、ずいぶん早口な子だなと感じた。相変わらずその目は鋭いままだ。翔太に何かを言いたいのだろうということは、すぐに察することができた。しかしそれがいったい何なのか、皆目見当がつかない。重苦しい空気に耐えきれなくなった翔太が口火を切る。

「えっと、どうかしたの？　あ、よかったら講演の感想を聞かせてよ」

「……間違ったことを教えないで」

「は？」

翔太はその言葉の意味がわからず、表情だけで聞き返した。

「私たちに間違ったことを教えないで」

「……間違い？」

「そうです。私は今日の講演内容について、一つも納得できませんでした」

「なんなんだお前？」という言葉を、かろうじて翔太は飲み込んだ。なんだこの女子高生は。自己主張が強くてワガママ、勉強もできるっぽい。コイツは苦手なタイプだ、と翔太は直感した。翔太が黙っていると、詩織が言葉のカタマリを投げつけてきた。

「私たちがこれから社会に出ていくにあたって、本当に今日の内容を信じていいんですか？　本当に、それで人生は豊かになるんですか？」

「なるほどね」翔太はとっさに笑顔を作りつつ、さてどう切り返そうかと思案する。コイツは、明らかに面倒くさいやつだ。煙に巻いてさっさと切り上げるにかぎる。

「まあ、人生は人それぞれだからね。あくまで俺はこうだよ、ってこと。当然、参考になる人もいればならない人もいる。残念だけど、キミにとっては参考にならなかったのかもしれないね」

「いいえ。本質はそこじゃない」

「え？」

「あなたがしたのは、〝これまでの自分の話〟です。私が聞きたかったのは、〝これからの私たちの話〟です」

「ごめん、言っている意味がよくわからないんだけど」

「本当に私たちのことを考えてくれている大人なら、これからの時代はこうだからあなたたちはこうした方がいい、といった主旨の話をしてくれます。でもそうでない人は、自分はこうだったからあなたたちもこうしなさい、という話しかしません」

「……」

「『ちょっと先輩ヅラして面白く話を脚色すれば、高校生なら喜んで聞くだろう』とでも思っているようにしか見えない。もう二度と、これから社会に出る若者にあのようなことをさも『正しいこと』のように伝えないでください」

翔太は自分の表情が強ばったことを自覚し、あわててスマイルに戻す。マジでなんなんだコイツは。ケンカ売ってんのか？　しかし、一方で言っていることは……。

「じゃあ聞くけど、俺が話した内容はいったい何が間違っているっていうの？」

「全部です」

「ぜ……」

自称「コミュニケーションの達人」から、反論の言葉が出てこない。さすがの翔太も苛立ちを抑えきれなかった。社会人経験ゼロの高飛車な女子高生に、このままやられっぱなしで帰るわけにはいかない。

「面白い。じゃあ一つ質問するけど、俺が講演の中で〝友達〟について話したことを覚えてる？」

「はい。やっぱり友達は多い方がいい、です」

「なぜ俺より10年以上も人生経験の少ないキミが、それを間違いだと言えるんだ？説明してみてくれよ」

「わかりました。説明させていただきます。論理的に」

その最後の4文字に、翔太はまたしても絶句する。間違いなくコイツはヤバい。さっさと切り上げないと、面倒なことになる……。そんな翔太を尻目に、詩織はまったく表情を変えることなく、淡々と話し始めた。

4

「友達とは、つまり対人関係のこと。そして、対人関係について説明できる学問が心理学です」

「そういえば、心理学って最近流行ってるのか？　何だっけ、アド……」

「アドラー心理学。アドラー心理学では、人間の悩みはすべて対人関係の悩みである、と説いていいます。加えてここでは、『人間は悩みが多いよりは少ない方が、健やかで幸福に生きられる』という前提で論述します」

さっきから一度も表情を変えることなく、まるで能面のようにしゃべっている。

「コイツ、絶対友達いねーな」と翔太は思っていた。アドラー心理学？　名前は聞いたことがあるが、中身なんてほとんど知らない。が、そのことは黙ってとりあえずもう少しだけ話を聞いてみることにした。

「人間の悩みはすべて対人関係の悩みである。ゆえに、人間が悩むのは対人関係の問題が解決できていないからです。では、対人関係の問題はいかにして起こるか。それは、「複数の人間が存在し、かつ関連する時に生じる問題」と定義できます。たとえばこの世に人間が2人しかいなければ、対人関係の問題はその2人の間だけで起きることです。ところが、3人になればその問題は増える。恋愛における三角関係などがその典型です。すなわち、関わる人間が多ければ多いほど、対人関係の問題は増える。対人関係の問題が増えれば、人間の悩みは増える」

言っていることはわかる。一応筋も通っている。しかし、その血が通っていないかのような無機質かつ早口の説明は、どうにも生理的に受け付けないものだった。翔太は改めて確信した。目の前のこの女子高生は、明らかに自分と真逆の存在だと。

「要点を整理すると、友人がたくさん存在することは、それだけ対人関係の悩みを増やすことになる。これは、人間が健やかで幸福に生きることに矛盾する行為である。以上より、〝友人はたくさんいた方がいい〟というあなたの主張は誤りである。以上、証明終わり」

詩織の話がいったん終わる。「証明終わり」だって？　いったいこの女子高生は何を言っているのか。

「……キミ、いつもそんな感じなの？」

「そんな感じとは？」

「だからその、〝ゆえに〟とか〝すなわち〟とか」

「？」

「いつもそんな理屈っぽい話し方なのかってことだよ」

「はい。理屈は命ですから。主に数学で思考力と表現力を培ってきたゆえかと。たとえば、ゼロという数は〝ある〟のか〝ない〟のか。あなたの答えは？」

「はい？」

「たとえば〝ゼロ分間待つ〟という表現から考えると、ゼロは存在しない、と考えられます。なぜなら、実際には待っていないからです。しかし、カウントダウンなどをする際には最後に〝ゼロ〟と言います。そう考えると、ゼロは存在する、ということになります。ゼロという数は〝ある〟のか〝ない〟のか、どっちですか？」

翔太には、この話の意味がまったく理解できなかった。戸惑う様子の翔太を見て答えが返ってこないことを悟った詩織は、会話を次に進めようとする。

「余談でした。本題に戻ります。先ほどの証明について、あなたの見解をお聞きしたい」

「見解？」

「はい。どこかに誤りあるいは反例があるか」

「ハンレイというのは、それに反する例ということ？」

「はい」

売られたケンカ（？）を買ってしまった以上、ここで帰るわけにはいかない。翔太は先ほどの詩織の「証明」を頭の中で反芻することにした。

アドラー心理学はよくわからないが、「人間の悩みはすべて対人関係の悩みである」のくだりには納得する自分がいた。居酒屋で隣のテーブルから聞こえてくるサラリーマンの愚痴は、ほとんどが職場の誰かを攻撃する内容だ。プライベートでも恋愛、家族、友人……結局は、自分と違う誰かが自分の思い通りにならないことに対してストレスや憤りを感じている。

また、「人間は悩みが多いより少ない方が、健やかで幸福に生きられる」という大前提についても、同意せざるを得なかった。悩みがあった方がより成長できるという考えもあるかもしれないが、よほどの変わり者でないかぎり、誰だって自分から進んで悩みたいとは思わない。その後の内容も筋が通っている。どうやら「証明」自体の穴を指摘することは難しそうだった。

「反例ならある」

「どのような？」

「俺だよ。自分で言うのも何だけど、俺は昔から友達が多いんだ。ＳＮＳの友人も２０００人近くいる。たくさんの友達とつながっていることで、いいこともいっぱいあるし」

「いいこと、とは何でしょうか？」

「たとえば〝いいね〟がたくさんつくとか」

「どれくらい？」

「投稿によっては200とか」

「ならば、友人はその200人でいいのでは？　他には？」

「イベントを企画したらたくさん集まってくれる、とか」

「どれくらい？」

「内容によっては100人くらい」

「では、友人はその100人だけでいいのでは？」

「……」

詩織は周囲の女子たちから聞こえてくる話で、SNSは便利だが、一方でトラブルも後を絶たないという実態を知っていた。そのことを事例に、本当に付き合う価値のない人間とつながっていることが、幸福よりむしろ疲れや悩みを生む原因になることを説明した。

「これからの時代は、ますますＳＮＳなどのインターネットツールで人が関係性を築く時代になるはず。でも、友人は多い方が幸福だという主張は、私には正しいとは思えません。人数を自慢するだけの薄っぺらい関係を構築し、必死でそれを維持しようとしている。いまの大人は、自分を自分で疲れさせているようにしか思えません」

高校生とは思えない詩織の言葉に、翔太は思わず鳥肌がたった。にもかかわらず、反論の言葉がどうしても出てこない。

5

「反論できないことと、納得することは天と地ほど違う」それは翔太の父親の口癖だった。学生時代の翔太はピンとこなかったが、いまならそれがどういうことか理解できる。まさにいまこの状況が、翔太にとって「反論できないが納得もできない状態」だった。そこで翔太は、思い切ってそれを詩織にぶつけてみることにした。

「根拠はないけど、とにかくキミの言うことが気に入らない。でも、正直言って何となくキミの言う通りかもしれないとも思ってる」

「……」

「まあ簡単に言えば、腹落ちしていないってわけよ。だいたい、キミは具体的にどういう人間関係が理想だと思ってんの？　単に付き合う友人が少なければいいって話？」

「いいえ、違います。では、それを数学的モデルで説明します。その方が、きっと納得していただけるはずです」

「数学的、モデル……？」

「はい。ご存じかと思いますが、モデルとは、とある対象について諸要素とそれらの相互関係を定式化して表したものです」

「知らねえよ、そんなの」

翔太はいわゆる文系出身。しかも、数学はもっとも嫌いな科目だった。詩織が発するこの独特の表現は、そんな翔太を当然ながら不快にさせる。そんなことはお構いなしに詩織は黒板に向かい、白のチョークで文字式を書き始めた。

「何じゃ、こりゃ。何かの暗号？」翔太は思わず口に出してしまった。

$$H = \sum_{i=1}^{n} (A_i \cdot x_i)$$

$$H = A_1 \cdot x_1 + A_2 \cdot x_2 + A_3 \cdot x_3 + \cdots$$

H：人間関係度数（H＝Human Relations）

A_i：友人の影響度

x_i：接触時間

$A_i \cdot x_i$：（友人の影響度）×（接触時間）

※Σ（シグマ）はすべての総和（足し算）を意味する

詩織は白いチョークを置き、相変わらず能面のような表情のまま、翔太の方に向き直る。翔太の表情から、この等式の意味がまったく理解できていないことを察した詩織は、さらにその下に「＋」を使い、中学生でも理解できる表記に書き直す。

「簡単なことです。仮に『人間関係度数』という概念を定義し、Hと表記します。Hが大きい人ほど幸福であるという指標です。Hが大きい人と小さい人はどう違うかを考えた時、私はこのような数式で表現できると考えます」

翔太は口を挟むことすらできない。すぐに退散するつもりだったにもかかわらず詩織の話に付き合わされている自分自身にも苛立っていた。詩織の「授業」は続く。

「それぞれAを関わる人の影響度とし、ポジティブな影響を及ぼす人はプラスの数値、ネガティブな影響を及ぼす人はマイナスの数値になるとします。また、同じくそれぞれxは接触する時間。同じ学校で会う人などは当然大きな数値になり、年に一度しか会わない親戚などは小さい数値になります」

いったいどう生きてきたら、こういう発想が生まれるんだろう。翔太は、呆れると同時に何がなんだかわからなくなり、その苛立ちをあえて表情に出した。さらに詩織が続ける。

「Aとxを掛け算すれば、その人から受ける影響の大きさが数値化されます。それらを合計すれば、その人が人間関係でどのくらいプラスの（あるいはマイナスの）影響を受けているかが表せます」

「ちょ、ちょい待てよ。何言ってるのかサッパリわからん。てかこれ、いったいどうやって計算すんの？」

「計算なんてしません」

「ハハ、じゃあこんな数式、意味ねーじゃん」

鼻で笑う翔太に、詩織は表情を変えずに言葉を続けた。

「思ったより、理解が遅いのですね。目的は計算ではありません。このように〝モデル化〟することで納得していただくことです」

「納得」という二文字に翔太は反応した。そう、いまほしいのはそれなのだ。

「モデル化することで納得する？　どういうこと？」

詩織はため息をついた。

「こんな簡単なモデルでもわからないのでしたら、小学生でもわかるシンプルなモデルでご説明しましょう」

もはやバカにされている以外の何ものでもない。しかし一方で、翔太は自分の人間関係に対する価値観を、初対面の、しかもクソがつくほど生意気な女子高生に否定されたまま帰るのがどうしても許せなかった。大人としての意地が、翔太をその場に留まらせていた。

「先ほど説明しましたが、このHの数値が大きい人ほどいい人間関係が築けている、小さい人ほどその逆である。この主張については同意できますか」

「まあ、確かにそんな雰囲気はある。でもとにかくこの数式が……どうにもウザい」

「抽象と具体を渡り歩けない人なのですね。ではこうします」

詩織は、翔太にとって意味不明な言葉を発した後、黒板にこう書き足した。

「仮に、山田氏は友人が1人だけ。一方の鈴木氏は、3人の友人がいるとします」

「ああ。それで？」

「加藤氏は鈴木氏に対し、ポジティブな影響を及ぼすいい友人。山本氏はネガティブな影響を及ぼす、できれば付き合いたくない友人。田中氏はそのどちらでもない人物とします」

「じゃ、田中氏は友人というより単なる知り合いだな」

山田氏の人間関係度数＝(友人の加藤氏)×接触時間

鈴木氏の人間関係度数＝(友人の加藤氏)×接触時間

＋(友人の山本氏)×接触時間

＋(友人の田中氏)×接触時間

山田氏の人間関係度数＝(＋1)×6

＝＋6

鈴木氏の人間関係度数＝(＋1)×3＋(−1)×1＋(0)×2

＝＋2

「はい。ここでポイントになるのが、『時間は有限』だということです。1日は24時間ですから。そこで、友人との接触時間を仮に1日の25％にあたる6時間とします。さらにそれぞれの影響度をわかりやすく加藤氏をプラス1、山本氏をマイナス1、田中氏をゼロとし、鈴木氏が3人の友人と接触する時間をそれぞれざっくり3時間、1時間、2時間とすると……」

「なるほど、山田氏のスコアは＋6、鈴木氏は＋2だな」

「時間は有限である。ゆえに、その貴重な時間はできるだけ影響がプラスの人との接触に使うべき。ところが、影響度の合計がプラスになる人は実はそう多くない。先ほどあのSNSの話がわかりやすい事例かと」

極めてシンプルな話だ。だが翔太は、この式が人間関係の構造の本質を表しているような気がした。こういうのを「数学的なモデル」と呼ぶのか。

「……だからこの山田氏のような考え方で人間関係を築く方がいいと？」

「はい。合理的です。無駄なもの、マイナスを引き起こすものをあえて自分の人生に取り入れるのは非合理的です」

「ふん、何だか寂しいねぇ。そんな考え方で、キミは高校生活を楽しめてんの？」

人間関係に「楽しさ」という概念を期待していないこと、学生なのだからあくまで学問において楽しさを見出すべきという哲学。それを翔太に言ったところで伝わらないだろう。詩織は皮肉たっぷりのその質問には答えなかった。

6

日がだいぶ傾いてきた。ふと我に返った翔太は、「オレンジ色の光で照らされる母校の教室に、見知らぬ女子高生と二人きりでいる」という、まるで映画かドラマのような現実を認識した。なぜこの詩織という女子高生は、自分に話しかけてきたのだろう。講演の内容が気に食わなかったのなら、わざわざこんな面倒な問答を仕掛けなくてもいいはずだ。

「キミの言ってることはまあ、わからなくもない。たしかに〝友達は多い方がいい〟というのは安易な考え方だったかもしれない。たしかに俺にとって〝ゼロ〟の奴もいれば〝マイナス〟の奴もいる。そういった奴らとの形だけのつながりに時間を費やすことは、人生において非効率的かもな」

翔太は自分の周囲に「人間関係の断捨離」を始める人が増えてきたことを思い出していた。SNSでつながっているだけの知人をバッサリ削った職場の同僚、年賀状を送ってこなくなった大学時代の同級生。職場の飲み会に参加しなくなった後輩たち……。そういうことなのだろうか。

「いったん納得した上で、キミに一つ聞きたいんだけど」

「どうぞ」

翔太に今回の講演を頼んできたマツケンのような友人は、典型的な〝プラス〟の友人だろう。しかし翔太は詩織の話を聞いていくうち、少しずつある疑問を持ち始めていた。

先ほどの数学的モデルでいう〝ゼロ〟の友人はたくさんいるのに、〝プラス〟の友人は意外に少ない。詩織にそのことを見透かされているようで気分は悪いが、ここまできたらと思い、尋ねてみることにした。

「さっきの話でいうところの〝プラス〟をもたらす人間関係とやらは、どうやって作ればいいと思ってる？　現実問題、社会に出たらキミの言うように〝プラス〟の相手とだけ接するわけにはいかねーんだよ。それができりゃ誰も苦労しない。そんな中でじゃあどうすればいいのか。っていうか、キミ自身はどうやって人間関係を築いてるのかって話」

これまですべての質問に即答してきた詩織が、この問いには少し沈黙した。その間が意味することを、まだ翔太は知る由もない。

「絶対的な正解はありません。ですが、あくまで私の考えという前提でよろしければ、お話しします」

「ああ」

「〝円〟を作ればいいと思います」

「エン？　おいおい、金があればすべて……」

「違います。算数や数学で出てきた〝円〟です」

また数学だ。こいつの頭、本当にどうなってんだろう。それ以外に会話のネタがないのか？　翔太はわざと的外れな「ああ、『円周率π』の円ね！　3.1415……」という切り返しを選択することで先をうながす。詩織は二度目のため息をつく。

「違います。あなたは、円の〝定義〟を覚えていますか？」

「テイギ？　そんなこと習ったっけ？」

「習っているはずです。でなければ円の問題を解くことも、円周率を語ることもできませんから。数学というのは、『定義と厳密さ』が命の学問です。たとえば、高校の教科書にある微分積分は本来の姿ではありません。大学の理系分野で学ぶ微分積分学におけるイプシロン・デルタ論法を正しく理解することで初めて……」

「はい、ストップ！　そういうの、いらないから」

「……そうですか。やっぱり、あなたも残念な大人なのですね」

「キミは残念すぎる女子高生だよ」というセリフを、翔太はギリギリのところで飲み込んだ。相変わらず能面を崩そうとしない詩織。翔太はいったん深呼吸する。

「円のテイギ……？　だいたい定義って何だよ？」

「これ以上なくシンプルに申し上げれば、〝円とは何か〟ということです」

「円とは……〝まんまる〟な図形である。じゃないの？」

詩織は再びチョークを使って黒板に大きな〝まんまる〟を描きながら、「違います。正解は〝円とは、平面上のある1点から等距離にある点の集合である〟です」と続けた。

円(まんまる)とは?

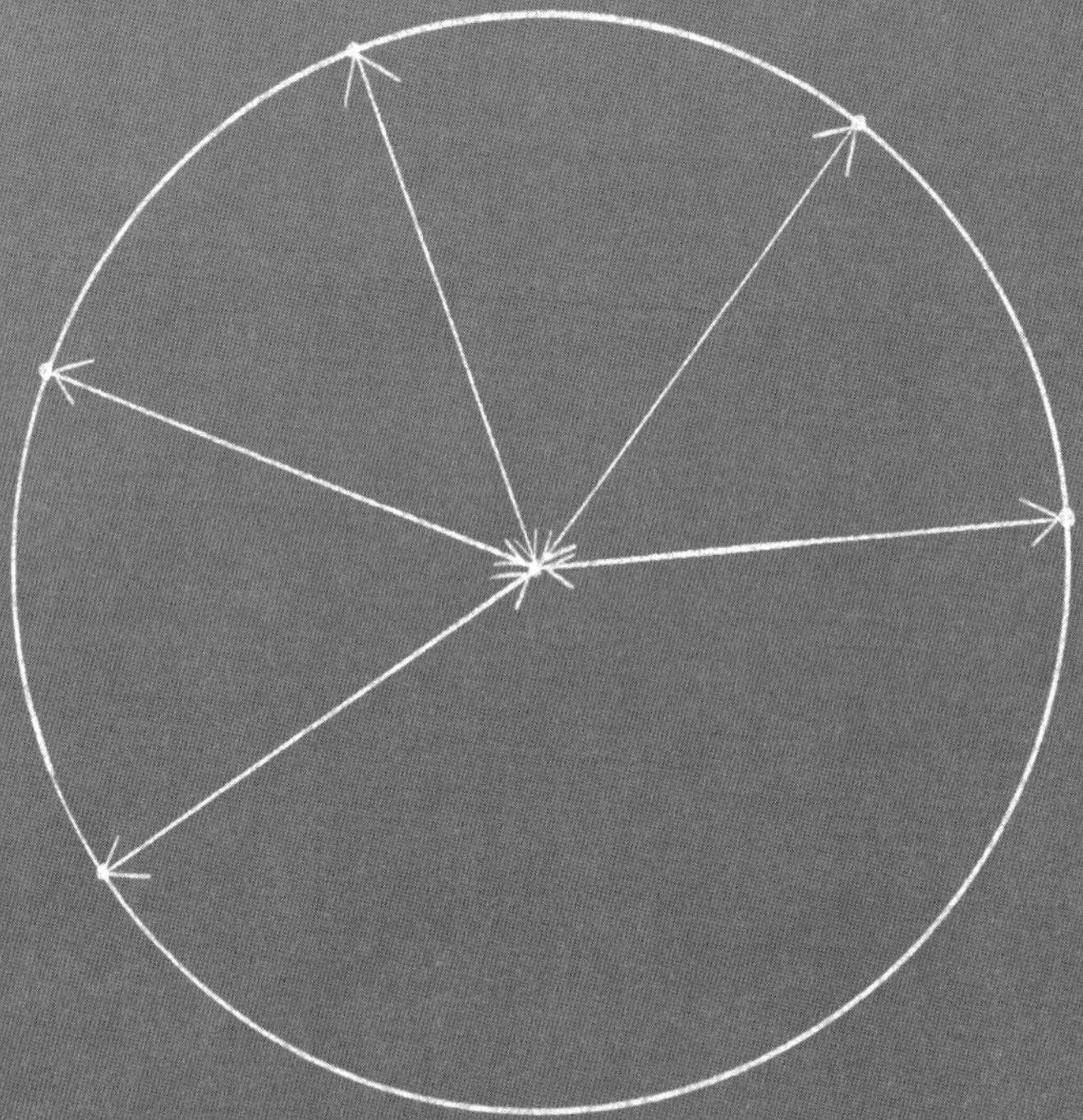

「定義、等距離、点、集合……」

翔太にとって、理屈と数学用語の並んだこの説明がどうにも苦痛で仕方ない。この瞬間、勝手に詩織のことを悪意を込めて「論理ガール」と命名していた。

「具体的な話に入ります。人間関係において〝円を作る〟とはどういうことか。まずある1点を「自分自身」と定義します。次に等距離を「自分と好きなものが同じ人」と定義します。すると、円というものは自分と好きなものが同じ人たちの集合となります。たとえば、ある人が中心になって、将棋が好きな人が集まったとします。世の中ではこのようなものをよく『サークル』と表現しますが、これはまさに円と同じ構造をしています。実際、サークルという言葉の和訳は〝円〟です」

最後のサークルの話だけはとてもわかりやすく、翔太は心の中でなるほど、と呟いた。

「これは私の価値観ですが、人が人生を楽しむ方法の一つは、〝好きなこと〟が共通している人と出会うことだと考えます。そして、その人たちとできるだけ〝長い時間〟を過ごすことが、人生の豊かさにつながると考えます。なぜなら、先ほどの数学的モデルにより、その方が人間関係度数が高くなるためです。ここでの〝好きなこと〟が共通している人というのが先ほどの数学的モデルのAにあたり、〝長い時間〟を過ごすことがxにあたります」

人が人生を楽しむ方法は、〝好きなこと〟が共通している人と会い、その人たちとできるだけ〝長い時間〟を過ごすこと。数学的モデルがそう教えてくれている。

翔太は、黒板に残っている数学的モデルをじっと見つめていた。詩織の言葉が、いまの自分にとって何だかとても大切なことを教えてくれているような気がして、癇に障る感情を抑えながら、その言葉を自分なりに咀嚼しようとしていた。詩織は翔太のそんな気持ちを察するわけもなく、機械的に説明を続ける。

「すなわち、理想の人間関係を作りたければ、自分が円の中心になればいい。そしてその円を構築する人たちと長い時間を過ごせばいい。その円の中に、〝疲れる〟という概念はないはずです。なぜなら……」

「〝好きなこと〟が同じだから、だよな」

「ええ」

「俺は競馬が好きなんだけど、たしかに競馬ファンが集まるコミュニティの投稿を見たり、オフ会に参加したりするのは楽しい」

「それがまさに円です。そして、その円に参加している時間は少ないより多い方がいい」

なぜ詩織がいちいち数学を持ち出して説明するのか、まだわからない。しかし、人間関係において本質的なことを話していること、そしてそれを円というものにたとえていることまでは理解できた。

「単に友人を増やせばいいわけじゃなく、あるテーマにおいて自分と等距離の人を増やそう、ということが言いたいんだよな？」

「ええ。さらに言うなら、自分自身が円の中心になることがとても重要です」

「何でよ？」

「最終的に、円の周囲を構築する人たちから中心に向けて〝感謝の力学〟が働くからです」

「感謝のリキガク？」

また詩織の言っていることがわからなくなった。翔太は苛立ちながらも、黙って次の言葉を待つ。ふと教室の壁掛け時計が目に入る。午後5時過ぎ。気づけば、詩織に声をかけられてから30分近く経っていた。

7

「たとえば、さっきあなたが言った競馬ファンのコミュニティ。その円は、誰かが中心になって生まれたもののはず」

「つまり、主宰者みたいなことだな」

「その人に会ったことは？」

翔太は首を横に振る。

「では、もしこれからその人に会ったとしたら、まずどんな言葉をかけますか？」

「それは……〝いつもありがとうございます〟みたいな感じかなぁ」

「つまり、『感謝』ですよね」

翔太はハッとした。円の周辺は感謝する側、円の中心は感謝される側。よりその人の人生を豊かにするのはどちらかと考えた時……。

「だから、自分自身が円の中心になることが重要だと？」

「私はそう考えます。そしてその感謝の量の合計が〝円の面積〟になります。やみくもに〝点〟をたくさん作るよりも、たった一つでもいいから〝円〟を作り、その面積を大きくしていく。これが理想的な人間関係の作り方ではないかと。そしてそれは誰とでも簡単につながってしまえる、ワンクリックで簡単に『友達』になれてしまう、表面的な友人を〝量産〟できてしまう現代でも、決して変わらない普遍の本質だと思うのです」

「……」

「今日のあなたの講演は、やみくもに〝点〟をつくろうと言っているようにしか思えませんでした。だから私は納得できなかった」

翔太は、マジックを見せられた後のような余韻に包まれていた。一回り年上の翔太を「あなた」呼ばわりする詩織の態度は腹が立つし、数学の話はイラ立ちに拍車をかける。にもかかわらず、なぜこんなにも詩織の言うことで〝大切だが複雑に思えたことをシンプルに理解できる感覚〟になるのだろう。そしてなぜ、こんなにもその感覚

円の面積とは何か？

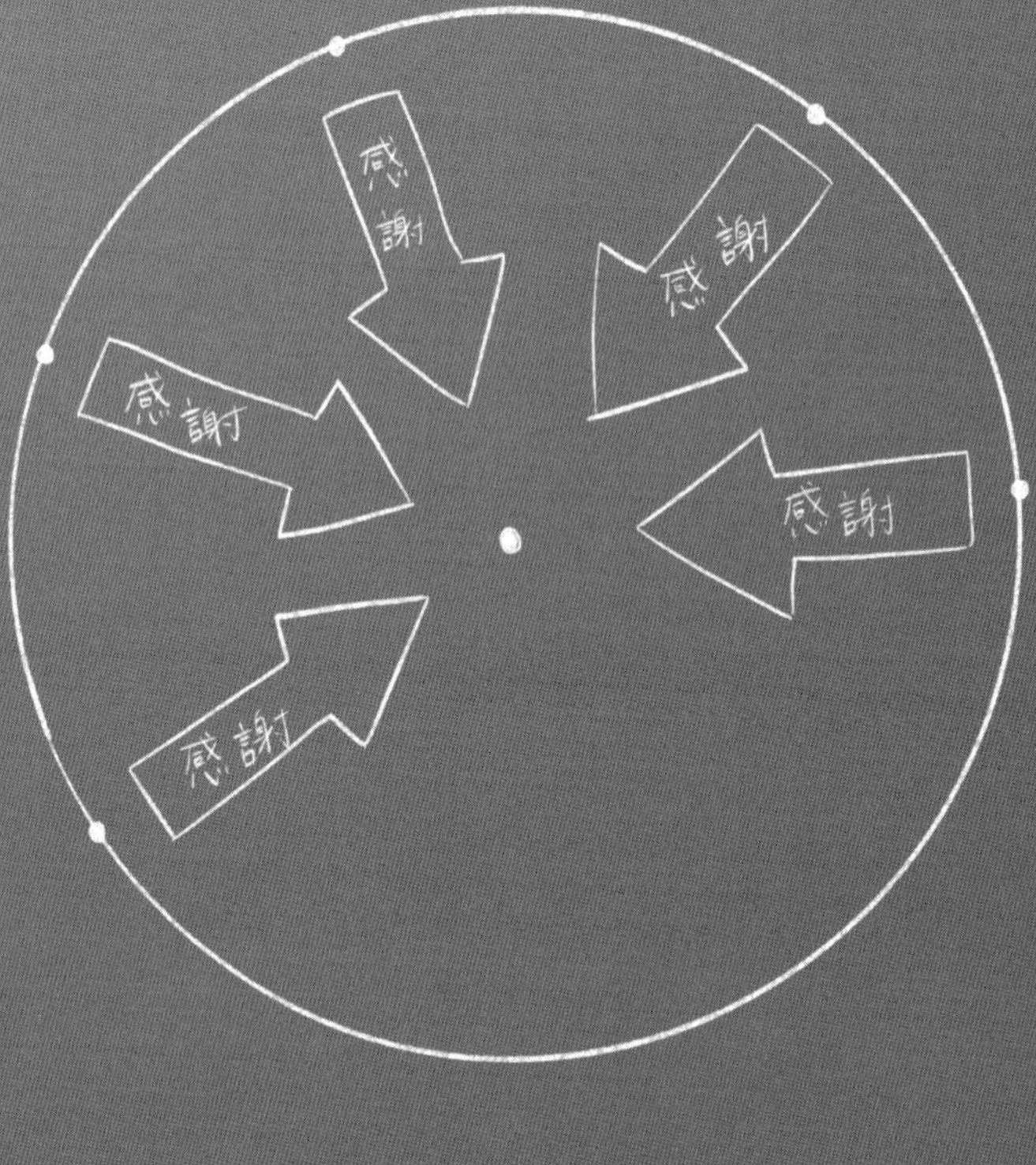

に対して納得感が生まれるのだろう。

「ったく……こんなに生意気で理屈っぽくてロボットみたいな女子高生、生まれて初めて会ったよ」

「……」

詩織はその「生意気」という言葉に少しだけ自分の心が躍っていることを認識した。愛する数学者、ガウスも生意気な少年だったからだ。

「何だか完全に論破されちまった感じ……あ〜ムカつく！　何なんだよ、まったく」

「違う」

「え？」

「あなたは勘違いしています。私は論破したのではありません。納得していただこうと働きかけただけです」

いずれ、翔太はこの言葉の本質を理解することになる。しかし、いまはまだこの言葉の意味がピンとこなかった。

「第一、なんで数学で説明すんだよ……まったく」

「『世の中のほとんどのことは、数学で説明できるから』です。もちろん私の人生において必要なこと、大切なことも」

「はい？」

「ほとんどと言ったのは、すべて説明できるということをまだ誰も証明できていないからです。これはいま私がもっとも興味ある〝未解決問題〟の一つです。未解決問題とは、イコールロマン。かの数学者たちも、そのロマンに人生を捧げてきたのです。ところが、彼らの功績が現代になかなか伝わっていないために……」

翔太はわざとらしく耳をふさいだ。数学の歴史にはこれっぽちも興味がない。でも、この論理ガールの頭の中はどうなっているのか。そこには少しだけ興味を持ってしまった。結局、ここまで一緒に対話に付き合ってしまったことがその証拠だ。

この女子高生の価値観は、自分のそれとどう違うのか。いったい、彼女の目にいまの世の中はどう見えているのか。数学で世の中を説明できる？　そんなバカな。社会に出てもいない高校生にそんなことができるわけがない。でも……。

「ありえない」という言葉とは裏腹に、目の前にいる変人に対して好奇心が芽生えた自分を、翔太は認めざるをえなかった。詩織の〝演説〟がちょうど終わった。

「ところで、聞いていいか」

「何か？」

「キミはいま、この学校に友達いる？」

「……まあ」

「ふーん、どれくらい？」

「一人」

「一人⁉　さっきの数学的モデルで出てきた山田氏そのものじゃん！」

「当然です。これで私が〝この高校の同級生全員と友達です〟と言ってしまったら、これまでの議論の内容と矛盾しますから」

「まあそうだけど……ホント理屈っぽいんだな。ちなみにその一人って、どんな子？」

詩織はその質問を黙殺した。見えない一線をくっきりと引かれたように感じ、翔太はそれ以上聞くのをやめた。それまで人形のようだった詩織の表情が、ほんの少しだけ熱を帯びたように見えた。

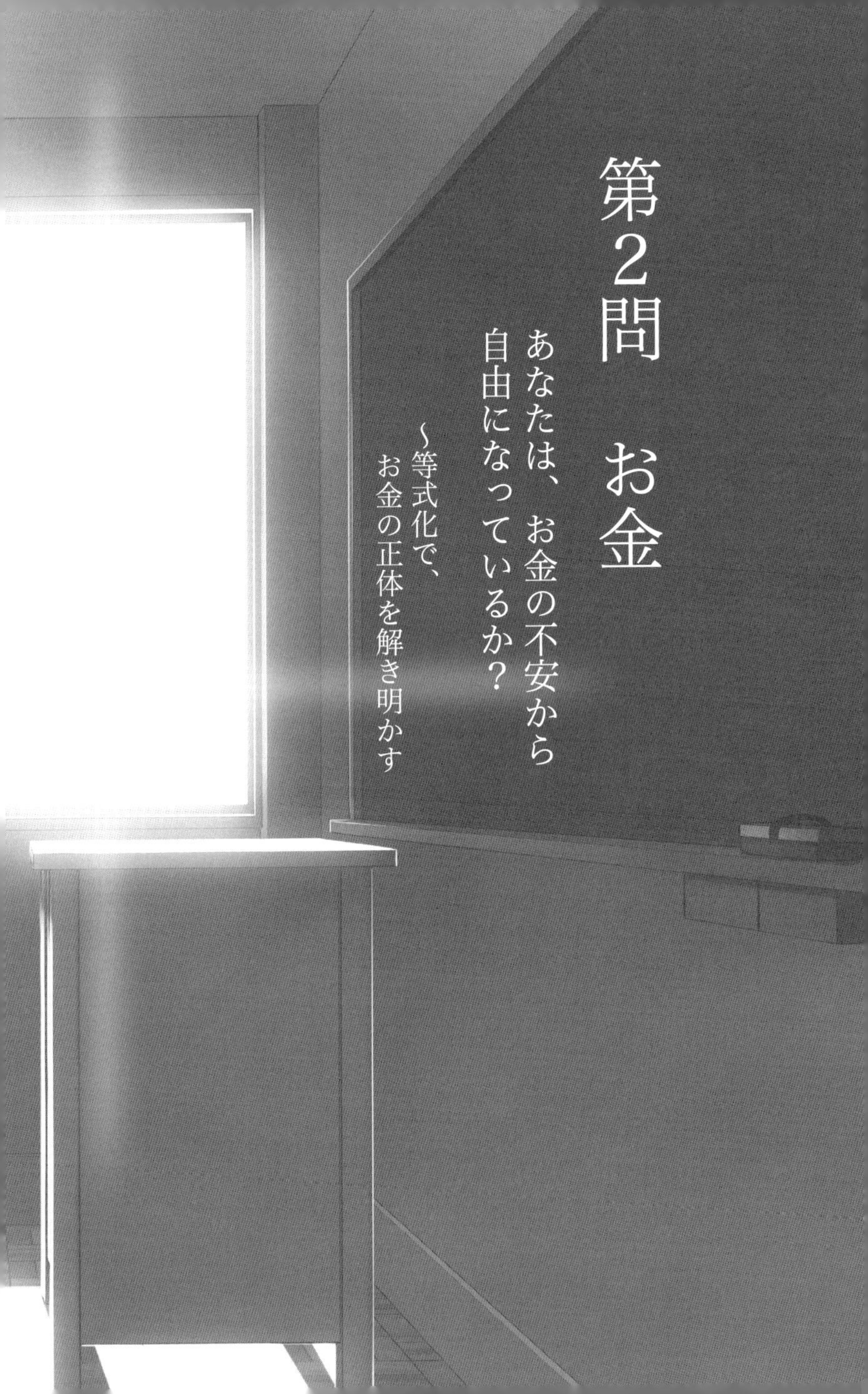

第2問　お金

あなたは、お金の不安から自由になっているか？

～等式化で、お金の正体を解き明かす

あなたが真実を探求したいのなら、すべてのことを
少なくとも一度は疑ってみる必要があります。

ルネ・デカルト

1

「あのさ、学食ってまだあんの？」

翔太が唐突に尋ねた。かつて仲間とよく雑談した場所。食べ盛りの年頃ということもあり、家で持たされた弁当を10分で片付けてすぐ学食に出向き、蕎麦やラーメンを〝追加〟していた。

お気に入りは月見そばと味噌ラーメン。たしか300円もしなかったはずだ。特に月見そばは「卵をどのタイミングでつぶすか」で仲間と盛り上がった。いま思えばくだらないことだが、そんなことですら楽しめたのは、ある意味青春時代の特権だろう。

そんな記憶がふと蘇り、翔太はいまの学食を覗いてみたい衝動に駆られた。

「E棟の1階にあります」

「……？」

あの頃は「E棟」なんてなかったぞ。

「体育館の向かい。2階と3階が部活の部室」という詩織の説明で、ようやく翔太は理解した。どうやら、場所自体は変わっていないようだ。

「いまからちょっと見に行きたいんだけど」

「では私も行きます」

「は？　何で？」

「まだ聞きたいことがありますから」

わざとらしく「勘弁してよ」という表情をつくる翔太。だが一方で、心の中ではもう少しこの女子高生の話を聞いてみたい思いもあった。「まだ聞きたいことがあるから」と言うくらいだから、詩織にも似たような気持ちが少しはあるのだろうか。詩織の表情には少しも変化が見えない。

様子をうかがう翔太を尻目に、詩織はさっさと教室を出ていってしまった。

翔太は追いかけながら、大人のたしなみで「ちなみに好きな食べ物は？」と雑談を仕掛けるものの、詩織は完全に無視。こいつは雑談もできないのか。

その後ろ姿を見て、翔太は「もしかして、ロボットだからメシ食わないの？」と冗談を言いかけたが、さすがにそれは飲み込んだ。苦虫を噛み潰したような表情のスーツの男、相変わらず能面のような表情の女子高生。奇妙な二人はそれから一言も会話することなく、E棟の1階まで移動した。

2

その場所は、思ったより変わっていなかった。改装した痕跡はあるが、ほぼ当時のままだ。もう夕方ということもあり、営業は実質終了状態。談笑しながら後片づけを始めるおばちゃんたちの声が、遠くから聞こえてくる。

「全然変わってないな……」

「ここは校内で唯一、いわゆるお金を使った経済活動が行われている場所です」

「はぁ〜？」

翔太は詩織の言葉の真意を図りかねた。当たり前のことだったたからだ。

「繰り返しますが、私たちに間違ったことを教えないでください」

「またそのセリフ……次はいったい何だよ」

「〝お金〟についてです。先ほどの人間関係と同じくらい、現代人が悩んでいるのがお金です。私たちの世代についても、重要なことかと」

「……」

「納得できないことがあります」

翔太はそのテーマで講演中、どんな話をしたか、生徒たちにどんなメッセージを伝えたかを思い出していた。


「お金は、使わないことがカッコいい時代になる（僕のように）」


たしか、そんな主旨の内容だったはずだ。

何が問題なのだろう。たとえば仕事や趣味などで得たお金。それを刹那的に散財するなんてあり得ない。人間が100年生きる時代。そして、いつ何時会社がなくなるかもしれない時代。計画的にコツコツ貯めて非常事態に備えるのが、堅実でスマートな生き方のはずだ。何も考えずにお金を使うなんてバカのすることだ。翔太はそんなことを考えていた。しかし……。

翔太は思っていることを率直に詩織にぶつけることにした。もうこの17歳に、オブラートに包んだ表現は一切いらないはずだ。

「いまは家も車もブランド物も何の自慢にもならないし、所有することにも意味はない。親の世代とは違って、もはやカネを使わなくても楽しく生きられる時代だぜ。最低限ちゃんと仕事して贅沢しないで、コツコツ貯金しとけば生きていくのに困ることはない。お金に対して不安を感じる必要なんてないだろ？」

「……」

「納得いかないみたいだな」

「ええ。事実、大人たちはお金の増やし方や貯め方について、とても興味を持っている」

「……そうかな」

「では質問。なぜいま、株式投資から仮想通貨などの投機に近いものまで、お金に関する本があれほど書店に並び、テレビのCMでも流れているのですか？」

「それは……」

「いまの大人たちにお金の不安がないとするなら、なぜそんなビジネスが成り立つのですか？」

「……」

「にもかかわらず、次世代の私たちにお金の不安なんてないなどと、なぜ言えるのですか？」

詩織の言う通り、ＮＩＳＡやｉＤｅＣｏといった資産運用商品、ビットコインに代表される仮想通貨など、「お金を殖やしたい」「経済的な安心を手に入れたい」というニーズに応えるサービスの関心が高まっているのは事実だ。翔太の主張に対し、詩織は反例の存在を主張したことになる。さらに追い打ちをかけるように、詩織はこう言い放った。

「おそらくあなたは〝これからの〟お金の価値観を知らない」

3

「こいつが男だったら、俺とっくにキレてるな」翔太は心の中でそう思った。さっきまでの教室での対話で、詩織が優秀な頭脳を持った数学オタクであることはよくわかった。しかし、まがりなりにも6年間社会人として働き、毎月そこそこの給料をもらい、贅沢もせず堅実に貯蓄し、お金の不安はないと自分では思っていた翔太にとって、まだ大学生にもなっていない少女の言葉は、さすがにプライドが傷ついた。

しかし、ここで怒鳴っては負けだ。翔太はあくまで平静を装い、ほんの少しだけ笑顔を作りながら「まあ、ちょっと座るか」とテーブルを指差した。

「お金の価値観？　お金はお金だろう」

「なるほど。お金はお金……」

「何だよ？」

「なぜ人々にはお金の不安があるのか。先ほどのこの問いの答えは？」

詩織の相変わらず高圧的な態度にイラつきつつ、翔太は自分からテーブルに誘ってしまった手前、しぶしぶ詩織の〝お金論〟に付き合うことにした。二人しかいない学食には、相変わらずおばちゃんの笑い声が響いている。

「なぜ人々にはお金の不安があるのか。俺が思うに、一言でいうなら〝足りなくなることへの恐怖〟かな」

「なるほど、本質的な回答ですね。私も同意見です」

詩織の意外なコメントに拍子抜けする翔太。しかしここからが詩織の〝お金論〟の始まりだった。

「その恐怖の原因をもう少し細かく分類すると、3つ考えられます。書くものはありますか？」

翔太はバッグからペンとメモ用紙を取り出す。詩織はコクリと軽くお辞儀をし、メモ用紙にペンをよどみなく走らせていく。①②③と整理されたその内容を、翔太は何度も読み返す。仕事のプレゼンでも、ポイントを3つに分けて説明することはよくあった。


「……まあ、なるほどとは思う。ただ、③だけがピンとこないな」

「では①と②に関して。いわゆる終身雇用の時代の人たち、あるいは会社に勤務して毎月給料をもらうことが常識の人たちにとっては、人生をだいたい計算することができたはずなんです」

「人生を計算する？」

「具体的に説明します。もしあなたがいまのままのライフスタイルで100年生きる

〈なぜ、お金の不安が存在するのか〉

①人生でいくら手に入るかわからないから

②人生でいくら使うかわからないから

③すぐにお金をつくる方法がないから

として、人生にいくらくらい必要だと考えますか？」

「へ？　そんなことわかるわけないじゃん」

「ざっくりで構いません。数千万円？　1億円？　2億円？　それとも10億円？」

「知らんがな。そんなのネットで調べりゃ、プロが計算した数字が出てくるだろ」

「……自分で計算できないということは、すなわち自分の人生をきちんと考えていないということと同義です」

そう言いながら、詩織は何やらメモ用紙にスラスラと書き始める。よく見ると何かを計算している。唖然とする翔太の視線など気にかける様子もない。

「人生に必要なもの、３つ挙げろと言われたら何を？」

「あ？」

「人生に必要なもの、３つ挙げろと言われたら……」

「あーうるさいな、もう！　えっと、たとえば衣・食・住とか？」

「その通りです。一応、社会人だけのことはありますね」

詩織はメモ用紙をくるりと１８０度回転させ、翔太の目の前にスッと差し出した。

〈人生100年時代の収入(概算)〉

いわゆる給与(ボーナス含む)420万円/年と仮定
420万円×40年＝1.68億円

年金14万円×12ヶ月×35年(65歳から100歳と仮定)
＝5,880万円

以上より、ざっくり計算すると
1.68億円＋0.59億円＝2.27億円

〈人生100年時代の支出(概算)〉

衣：衣服は週に1回ずつ、4年間着続けると仮定
ON…スーツ5万円＋シャツ1万円＝6万円
OFF…ジャケット2万円＋パンツ1万円＝3万円
これらより、1日あたりの衣服の平均価格を5万円と仮定
5万円÷(52週×4年)≒240円
腕時計15万円÷(30年×365日)≒14円
その他(バッグ、靴など)＝200円
計454円/日
454円×365日×80年＝13.256.800(円)

食：1回あたり食費1.000円と仮定
1.000円×3食×365日×80年＝87.600.000(円)

住：家賃、光熱費、そのほかでざっくり10万円/月と仮定
10万円×12ヶ月×80年＝96.000.000(円)

以上より、ざっくり計算すると
0.13億円＋0.88億円＋0.96億円＝1.97億円

4

「人生に必要なものは、衣・食・住。ではいまこの瞬間、あなたはその〝衣〟にいくら使っているか」

「……？」

「たとえば、仕事の日ならいま着ているようなスーツとシャツでしょう。スーツ5万円、シャツ1万円と仮定すると計6万円。休日はジャケット2万円、パンツ1万円と仮定してざっくり3万円。その他のアイテムはここでは概算から省きます。そこで、仕事をしている日のほうが多いとし、1日で着る衣服の総額は平均5万円と考えます。さらに、その服は週1回ずつ4年間着まわすと仮定すると、1回の着用ごとに240円かけることになります。次に腕時計を15万円、30年間使うと仮定すると、同じように考えて1回の着用に14円。そのほか、バッグや靴は衣服より若干金額を落として1回あたり200円と仮定。以上より、今日あなたが〝衣〟に使ったお金は454円となります」

いったい何を言っているのか、翔太はまだ理解が追いつかない。

「１００年生きると仮定すれば、人生でおよそ１３２６万円。平日と休日で服装にかける費用は当然変わりますし、年代によっても異なるでしょうが、ここはざっくりこれらの数字を平均値と仮定して概算しています」

「……」

「同様に〝食〟〝住〟についてもざっくり80年で使うお金を概算し、最後に合計すると、だいたい2億円かかる計算になります。すべて0歳から１００歳までの平均とし、数字は仮定」

「2億……」

「もちろん、これは人間が生きていく上で絶対に欠かせない３つのトピックだけの話。これ以外にも余暇や教育などさまざまな出費がありますから、ざっくり考えて2億円以上は必要になるかと。一方、手に入れる金額はもっとシンプルな概算です。ある公的機関が公表したデータをもとに計算すると、結論としては、こちらもざっくり２・２７億円。私はファイナンシャルプランナーではありませんし、いまは規模をつかむだけの話なのでこれくらいの概算で十分です」

「すげーな、キミ……」

「子どもでもできる程度のフェルミ推定です。このような概算は私が通っていたシアトルの学校では当たり前のようにトレーニングするのですが、いまの日本の教育機関では、まったくそういう授業がないようです」

「やったことねえよ、こんな計算。いったいどういうアタマしてんだよ」

詩織は翔太のボヤキを無視し、言葉を続ける。


「この数字を見ても、本当にお金の不安はないと言いきれますか？」

「衣・食・住だけでおよそ2億か……。これで子どもの教育や自分の趣味とかにお金をかけようと思ったら、足りなくなるわな」

「先ほども言いましたが、あなたは自分の人生を『お金』の観点でまったく考えていない人間と言えます。なぜなら、人生でいくら必要なのか、人生でいくら使うのか、ざっくりでも答えられないから。そんな人に、あなたより長く生きる私たちのお金について、さも知っているかのように語ってほしくないのです」

「……」

「この証明に反論があればどうぞ。なければ証明を終わります」

　この対話を数学の証明問題のように捉えている詩織が、とてつもなく憎たらしい。

　しかし翔太は詩織から目をそらし、「ねえよ」と絞り出すことしかできなかった。

　詩織の言葉は鋭い。かつ、紛れもなく正論。トータルの人生でいくら必要か、自分は1日あたりいくら使っているのか、そんな計算すらしていない人がお金についてわかったようなことを軽々しく言うのは、たしかにナンセンスかもしれない。

5

　翔太は、目線を詩織に戻した。

「つまり、キミの言いたいことはこういうことか。一般的に人生とは生涯で2～3億円をどうやって手に入れ、その金額をどう使うかを考えることだ、と」

「その通りです。数学的モデルで表現するならば、人生とお金はこういうモデルで説明できます」

「また数学的モデルかよ……」

「左辺が使うお金。2〜3億円の内訳をどうするか考えることが人生を考えることです。たとえば〝住〟にこだわりたい人はそこにお金を割き、子どもの教育や自分の趣味に使う人生を選ぶのであれば〝その他〟の割合が多くなる。全体のバランスを調整していくことは、人生について考えることと同義です」

「たとえば、子どもをつくって私立大学まで出す人生設計をするのであれば、衣・食・住の贅沢を我慢するってわけか。どれを切り詰めるかは優先順位の問題だな」

「ええ。これが〝これまでの時代〟の数学的モデルです」

詩織が使ったメモ用紙はすでに3枚になっている。翔太はそれらを見ながら、たしかに俺はこういう考え方でお金を捉えていたなと考えていた。

「これまでの時代？　じゃあ当然ここからは……」

「〝これからの時代〟の数学的モデルの話です」

「ふん、後半戦ってわけか」

翔太は先ほどまで感じていたイライラが、いつの間にか消えていることに気づいた。そしてここからの話を心の底では楽しみに感じている自分に、驚いていた。

数学的モデル

〜これまでの「人生」と「お金」〜

[左辺]使うお金　　　　[右辺]得るお金

(衣＋食＋住＋その他)＝(給与＋年金＋その他)

左辺、右辺ともだいたい2〜3億円

いつの間にかおばちゃんたちの声は聞こえなくなっていた。差し込む夕日が作りだす二人の影は、ここに来た時よりもずっと長いものになっていた。

6

改めて翔太は、〝これまでの時代〟の数学的モデルを眺めてみた。時代は変わっても、人が衣・食・住にかけるお金はそう変わるものではないのではないか。しかし……。翔太はそう思いながら、口火を切る。

「カンだけど、ここからの話はこの数学的モデルの右辺がポイントになるのか？」

詩織はその言葉に少し驚きながら「その通りです」と答えた。翔太が言葉を続ける。

「〝これまでの時代〟は右辺の数字を考える必要はあまりなかったのかもな……」

「終身雇用の時代はいうまでもなく、普通に会社というものが存在し、多くの方が正社員として毎月給与をもらい、退職後の年金もきちんともらえる。そんな人たちは、この右辺の計算結果を心配する必要はあまりなかった」

「常識的にだいたい見えてただろうな。しかし、その常識が通用しない時代がやって

きたと」

「長期的なトレンドでいえば、いわゆる大企業で定年まで働くというスタイルは減り、スタートアップに移る人やフリーランスになる人が増えます。毎月固定の収入が入るという働き方はスタンダードではなくなるのです。さらに年金に対する不安も。実際どうなるかはわかりませんが」

「つまり、右辺の数字が左辺より少なくなる可能性が出てくるってわけか」

「さらにいえば、これからＡＩがビジネスシーンに登場してきます。ＡＩが人間の仕事を奪っていくという話は聞いたことがあるでしょう」

「ネットや新聞で、そういう記事を見ない日はないよな」

「ＡＩの登場は、この数学的モデルの右辺を小さくする可能性がある。でも、人間は変わらず生活していかなければなりません」

「左辺の衣・食・住はそれほど変わらない」

「そうです。左辺と右辺がイコールにならない人のさらなる増加が予想できる。これが現代人のお金の不安の正体だと私は思っています。だとすれば、世の中で資産運用や仮想通貨といったサービスやビジネスに関心が集まる理由も説明がつきます」

「右辺の〝その他〟でどうにかうまくお金をつくろうと考えるから、だな」

「その通りです」

「なるほど……」

翔太は改めてこの数学的モデルを眺めてみた。なぜ詩織が左辺で衣・食・住という概念を持ち出したのか、なぜ右辺でその他という項目を作ったのか、すべて理解できた。言い回しは腹が立つけれど、納得感がある。おそらくこれなら中学生でも理解できるはずだ。これからの授業は、こういうことを題材にした方がいいんじゃないだろうか。なぜ、かつての数学教師たちは「サイン」「コサイン」「ビブン」「セキブン」なんて言葉ばかり教えていたのだろう。

数学の本質って、いったい何なんだ？　翔太の中に疑問が湧き起こる。しかし、かつて高校の授業で意味不明の数式が書かれた教科書や板書を眺めていた記憶しかない翔太には、まだその答えははっきりとした形をなしていなかった。

そんな翔太の心情などおかまいなく、唐突にその質問は飛んできた。

「ところで、そもそもお金とはいったい何でしょうか？」

7

「は？　何だよ急に」

「〝お金〟を定義しましょうという話です。何事もそうですが、題材を定義するからこそ、正しい議論ができます。もちろん数学もそうです」

「言っている意味がサッパリわからん」

ここまでお金についてこれほど対話してきて、いきなりの〝そもそも論〟。どういうことだろう。翔太は戸惑いを苦笑いで表現した。

「いいから答えてみてください。お金とはいったい何か？」

「モノを買う時に使うもの、とか」

「反例を挙げます。たとえば、募金はモノを買うという行為ではないと思いますが」

「ちぇっ、理屈っぽいなぁまったく。定義？　そんなのどうでもいいじゃないか」

「大人として残念ですね。その発言は」

どこまでも上から目線の詩織に苛立つ翔太。自分なりの答えを持っているくせに、あえて俺に質問してくる。考えがあるのなら、自分からどんどん言えばいいはずだ。なんでコイツはいちいち対話を仕掛けてくるんだ？　翔太はそんなことを考えながら、あえて無言を貫く。

「たとえば、ビブンっていったい何でしょうか？」

「は？」

「微分積分学の微分です。ちなみに高校の数学の教科書は、まったく微分について学べる内容になっていません。厳密には、イプシロン・デルタ論法というものを理解しないと微分は分かったことになりません。しかし、残念ながら大学の理系分野の学生の多くはこの論法を理解することが叶わず、数学から脱落していくようです。私は、この現状を非常に歯がゆく思っています」

「キミはいったい、何語をしゃべっているのかね？」

「もちろん、日本語ですが」

「そういうことじゃなくて」というセリフを翔太は飲み込む。なぜいきなりお金から数学の話になるのか。まったく話についていけない。文系出身の翔太にしてみれば、「微分」なんて言葉を使われても意味が分からない。

「ちなみに、三角関数のsin《サイン》を微分するとcos《コサイン》になります」

「だから、そんなの俺には……」

「では『2倍のsin』という関数を微分すると、何になりますか？」

「だから……」

「いいから」

二人の間に沈黙が流れる。いったい詩織は、この対話をどう着地させたいのだろう。

「sinを微分するとcos？　じゃあ『2倍のsin』を微分したら……2倍のcos……か？」

「お見事です。正解」

「だから何？　そんな計算ができていったい何の意味があんの？」

「それです！」

淡々としゃべる詩織の語気が初めて強まった。何か意味がある。翔太は直感的にそう感じ、黙って詩織の言葉を待つことにする。

「微分というものがいったい何か、その本質を理解していないのにただ微分の計算方法だけ知っても意味はない。しかし、残念ながら多くの日本の学生や大人は微分の計算はできても、〝微分とは何か〟を答えられません。似た事例としては、円周率が3・14だと教えられ、面積や円周の長さを計算する時に使うことのできる子どもは多い。でも、そもそも〝円周率とは何か〟を答えられる子どもはほとんどいない」

微分の定義、円周率の定義。それを知らないのに計算だけはできる。試験問題を解くこともできる。そんな数学の授業に意味があるのか。それで本当に数学を理解したことになるのか。詩織はそう言いたいのだ。

「ようやくキミの言いたいことがわかった気がする。お金とは何か、つまりお金の定義が曖昧なのに、日常のお金の計算だけできてもダメってことか」

「ええ。数学の教育とお金の教育は、問題の構造が同じだと思います」

本質をわかっていない中でいくらルール通りに計算できるようになっても、意味がない。それは、かつて翔太が数学という不快な授業から教えられたことでもあった。

そして数学の教育にお金の教育。翔太はこれまでの人生でそんなことを考えたことなどなかった。翔太はまた一つ、「なるほど……」と納得を意味する言葉を口にした。

この女子高生は、自分より一つも二つも高い次元で物事を考えている。

$\sin(x)$をXで微分する → $\cos(x)$

$2\sin(x)$をXで微分する → $2\cos(x)$

8

「じゃあ逆に質問するけど、キミはお金というものをどう定義している？　当然、正解を知っているんだろう？」

「正解なんてありません」

「はい？」

「この問いに唯一の正解なんてありません。あなたに〝間違ったことを教えないで〟と言ったのは、私が数学的に考えて納得できない内容だったからです。納得できれば、それも一つの解だと認めます。そういう意味で、これはいろんな解がある問題です」

「ふうん。まあ能書きはいいからとりあえず聞かせてくれよ。キミのいう〝お金の定義〟っていったい……」

翔太が言い終わる前に、詩織はたった一言で答えた。

「信用」

〈まったく同じ構造〉

微分とは何かを知らない

↕

微分の計算だけはできる

円周率とは何かを知らない

↕

円に関する計算だけはできる

お金とは何かを知らない

↕

お金の計算だけはできる

翔太はすぐに反応できなかった。いまの一言が答えなのかどうかも疑っていた。

「シンヨウ？　人を信用するとか、そういう意味の信用？」

「ええ」

「信用……？」

咀嚼できないでいる翔太を見て、詩織は言葉を続ける。

「信用の大きさを、数えられるように可視化したもの。これが私の考えるお金の定義です。繰り返しますが、あくまで私の考える定義です」

可視化とか数えられるとか、そこは翔太にも理解できる。ただどうしても〝信用〟だけが腑に落ちない。そのことを詩織に素直に伝え、さらなる説明を求める。

「たとえばいま私があなたに5万円貸してほしいと言ったら、貸してくれますか？」

「いや、無理だね」

「なぜですか？」

「返ってくるかどうか、わかんねーじゃん」

「ではもし家族や付き合いの長い友人から同じお願いをされたら？」

翔太は、マツケンの顔を思い浮かべていた。どうしてもと言われたら貸すかもしれない。

「まあ、貸すこともあるかも」

「なぜですか」

「関係も築けている相手だし、さすがにきちんと返してくれると思うし。あ、そうか……クレジットカードみたいなもの？」

「クレジットの元の意味はご存じですか？」

「いや、知らん」翔太はスマートフォンで検索しながら答える。

クレジット（credit）とは、ラテン語で「貸し付け」の意味。信用、信頼。

翔太は納得した。お金の正体は信用。その意味を、少しずつつかみ始めていた。

「あるいはサラリーマン。一般的には新入社員でも4月に給料が出ます。まだ成果など出ていないにもかかわらず。あなたもそうだったはずです」

「ああ」

「なぜ、成果を出していない人に先にお金が発生するのか。それは、いずれ成果として返してくれると信じているからです」

給料にたとえられたことで、翔太はこの話をはっきりと〝自分ごと〟にすることができた。信じているという概念の大小が、給料の金額の大小になっている。新人よりも経験を積んだベテラン、成果を出していない人よりも出した人。いずれも後者の方が給料が高いこともこれで説明がつく。そこで、翔太に　ある疑問が一つ湧いた。そう定義した時、さっきの数学的モデルはどうなるのだろう。

9

「なら聞くけど、仮にお金とは信用だと定義した時、〃これからの時代〃の数学的モデルってやつはどうなる？　さっきはあくまで〃これまでの時代〃のやつだったよな」

「ええ。この定義に従えば、お金を使うこと（支出）は何かを信用するということです。一方、お金を得ること（収入）は何かから信用されるということです。つまり、一生においてその人が使うお金（支出）＝Aへの信用＋Bへの信用＋……＝世の中への信用、という考え方をします」

「ということは……一生においてその人が得るお金（収入）＝Aからの信用＋Bからの信用＋……＝世の中からの信用、ってことか」

「ええ。この2つがちょうど一致するような人生が理想。これが、〝これからの時代に生きていく私たちのためのお金の数学的モデルだと思います」

「うーん、まだピンとこない。この式はいったい何なんだ？」

数学はあくまで抽象の世界で展開される学問。数学にアレルギーを持つ翔太には、なかなか自分の感覚とフィットしてこない。しかし、翔太にとって興味深い内容であることは確かだった。どうにか本質をつかもうと、その数学的モデルをじっと見つめている。

「こう考えます。もし左辺よりも右辺が小さければ、その人は世の中に対する信用よりも、世の中からの信用が小さいということになります」

「つまり、そいつは世の中から信用されていない人だと」

「こういう人はお金が足りなくなります」

「なるほど。ということはその逆の場合は……」

「その人は世の中を信用していない、ということです。もっとダイレクトに言えば、他人を信用していないのです」

「……」

「他人を信用しない人は、お金を貯め込む。そしてお金が余ることになります」

「でも、余るぶんにはいいんじゃないか。死ぬまで経済的に困らないわけだし」

「そうでしょうか。人を信用しない人生。感情論は好みではありませんが、シンプルな話として空しい人生のように思います」

その言葉は翔太にとっては意外だった。詩織が言葉を続ける。

「たとえば子どもがお小遣いを1000円もらったら、貯めるのではなく何かに使う方がいい。なぜなら、使うからこそ楽しめたり、失敗して痛い目を見たりする。使わなければ経験値は溜まらないから。プラスの行為（お金を得る）があったら、マイナスの行為（お金を使う）をすることが人生においては大事。だから人生をトータルで考えた時、左辺=右辺が理想であると考えます」

翔太は、詩織の説明に深く納得してしまった。そういえば最近メディアに出ている実業家が、同じようなことを言っていたことを思い出した。その人物自体は大嫌いな

数学的モデル

〜これからの「人生」と「お金」〜

[左辺]使うお金　　　[右辺]得るお金

Σ(他者への信用)　=　Σ(他者からの信用)

左辺：世の中への信用　右辺：世の中からの信用

のだが。

「それに、死ぬ時に使えるお金が余っているという状態は、誰かから得た信用を放置したまままこの世を去るということになります。だから相続というシステムがある。信用する相手に残すための支出（お金を使う行為）と定義すれば、すべて説明がつきます」

「……」

「たとえば貯め込む金持ちと、積極的に使う金持ち、世の中の人はどちらにより好感を持つでしょうか。おそらく後者でしょう。それは、その人がきちんと他人を信用している証だからです」

「そうかもしれないな。お金は必要以上に貯め込んでも意味がない。与える信用と得た信用のバランスがとれている人生がいいと」

「ええ。美しいと思います。数学的にも。ガウスもきっとそう言うはずです」

10

翔太には「数学的な美しさ」も「ガウス」という言葉の意味もさっぱり分からない。でも、お金の定義とこの等式のメッセージだけはどうにか理解できた。ただ、なぜこのモデルが〝これからの時代〟なのか、その疑問はまだ晴れていなかった。

人生を100年と考えた時、翔太もあと70年は生きることになる。この女子高生の目には、この先の世の中がどう見えているのだろう。翔太はそれが知りたいと素直に伝え、詩織の言葉を待つ。いつの間にか、詩織に対して素直に質問するようになった翔太。まるで真剣に学ぼうとする生徒と教師のようだ。

「なぜ人々にはお金の不安があるのか、という会話を覚えていますか？」

「したな。何だっけ？」

「お金の不安には、3つの理由があると説明しました」

翔太は1枚目のメモを手元に引き寄せ、改めてその3つを確認する。

〈なぜ、お金の不安が存在するのか〉

①人生でいくら手に入るかわからないから

②人生でいくら使うかわからないから

③すぐにお金をつくる方法がないから

「ああ、そうだった」

「〝これまでの時代〟の数学的モデルはこの①と②で説明しています。しかし、これだけスピード感を持って変化していく世の中になってしまった以上、先のことを予測することは非常に難しいことかと」

「まあそうだな。10年先のことを予測するのも難しい。つまり①や②を考えても仕方ないってことか」

「一方で、テクノロジーは進化し、組織から個の時代に移り変わってきています。SNSが普及したり、動画プラットフォームのYouTubeを使ってタレントのような活動をする〝ユーチューバー〟が将来なりたい職業の上位に入る時代です」

「そういえば俺の友達にもそれに憧れてる奴、いるわ」

「祖母から聞いた話では、かつて日本では公務員やパイロットなど、安定して高収入が得られる職業が人気だったとか。そういう時代は〝これまでの時代〟の数学的モデルで①と②を考えればよかった。人生の計算も容易であり、誤差も少なかったはずです」

「でも、これからは①や②をいくら考えてもわからない。誤差も予測できない。だから③が必要になるんだな」

「ええ。③の概念を主軸にしてお金を考えていかないといけません」

「でも具体的にどうやって個人がすぐにお金をつくっていくんだ？　まさか駅前で募金しましょう、って話じゃないだろ？」

「時代背景とお金の定義を組み合わせて考えた時、駅前で募金はないにしても、本質はそこだと思います」

「そこって、どこだよ？」

「……お二人さん、ちょっとごめんね」

その時、学食のおばちゃんが二人に声をかけてきた。あと5分でここを閉めるとのこと。詩織が無表情のまま「承知しました」と返事をする。「はーい」でも「わかりましたー」でもない。とにかく翔太のイメージする女子高生らしさが1％もない。いったいどういう教育を受けてきたのだろうか。

「ではせっかくなので、募金を例にします。あなたのまったく知らない個人が呼びかける募金、有名な公共機関が呼びかける募金、あなたが大ファンのタレントかアーティストが呼びかける募金、どれか一つ選んで募金するとしたらどれを選びますか？」

「そりゃ3番目でしょ。大好きな麻生ひとみちゃんが呼びかける募金なら100％協力するよ」

「麻生ひとみとは？」

「〝一万年に一人の美少女〟って呼ばれてるアイドルだよ。知らないの？　俺はファン歴5年。キミも好きなアイドルとかいるだろ？」

詩織はその質問を完全に無視し、〝能面〟のまま本題を続ける。

「なぜそのアイドルなら募金するのですか？」

「なぜって、それは……なんでだろ？」

「あなたはその5年間でその麻生ひとみからたくさんの〝もの〟をもらったのでしょ

う。頑張っている姿もたくさん見てきたのかもしれません」

「そう！　その通り。すげー頑張り屋さんでさ、いい娘なんだよ。ダンスとか……」

「そこから先の話は結構です。要するに見ず知らずの個人より、著名な団体より、そのアイドルをあなたは信用している。だからお金を預けられる。その信用の大きさによって、もしかしたら金額の大小も変わってくるかもしれない」

「……ほう」

「つまり、人からの信用の大きさがお金の大きさに直結するわけです。ならば、私たちがすぐにお金をつくる能力を持つために必要なことは、たった一つ」

「なに？」

「深い信用を得ることです。麻生ひとみのように」

11

その時、翔太はバラバラだった点がつながっていく感覚を覚えた。個人がすぐにお金をつくるためには、人に信用される必要がある。人に信用されればお金が得られる。給料や年金を中心に考えるのではなく、麻生ひとみのような存在であることが大事になるのだ。一方、誰かを信用すればお金を使う。また、長期的かつ大きな視点で考えれば、よほど極端な考え方や事件がない限り、使うお金と得るお金はイコールになっている。だから、〝これからの時代〟の数学的モデルはあの等式なのだ。

まるで、（かつて苦手だった）数学の証明問題を解いているかのような感覚。これまでモヤモヤしていたことがスッキリした感覚。お金の話を通じて数学をしている。少しずつ、なんとなく、感覚的ではあるけれど、翔太はそのことに気づき始めていた。

個人Aが個人Bから信用を得る

←

個人Aは個人Bからお金を得る

←

別の機会で、個人Aは個人Cを信用する

←

個人Aは個人Cにお金を使う
←
（個人Aの使う金額）＝（個人Aの得る金額）
←
〝これからの〟数学的モデルが成り立つ

「さっきは募金の話だったけど、もしかして最近流行ってるクラ、クラウド……」

「クラウドファンディング。不特定多数の人が、通常インターネット経由で他の人々や組織に財源の提供や協力などを行うことを指します。群衆（crowd）と資金調達（funding）を組み合わせた造語で、ソーシャルファンディングとも呼ばれています」

「あ、それそれ」

「たしかに、クラウドファンディングを短時間でお金を集める手法として利用する人が増えています。これもまさに信用の大きさを可視化する装置だと私は思っています」

「クラウドファンディングを積極的にやっていくことが必要ってこと？」

「いいえ、そうは思いません。あくまで一つの装置に過ぎませんから。これからいろんな装置が生まれてくるでしょう。ただ、個人が持つ信用の大きさがその人の人生や経済に直結するようになることは間違いないかと」

実際、中国では「芝麻《ジーマ》信用」と呼ばれる個人の信用力を評価するシステムが広がりを見せている。さらに日本においてもＡＩを使って個人の信用をスコアリングし、その人にふさわしい金利や融資額を教えてくれるレンディングサービスも登場している。そんなことも詩織は補足した。

たしかに過去ではなく未来に生きる人間にとっては、これはお金の定義の一つの解なのかもしれない。翔太はそう思った。

「〝〇〇社の部長です〟なんて言葉は、これからは信用にはならないんだろうな」

「ええ。さらにいえばこの話は先ほど教室で話した人間関係のテーマにもリンクします」

「どういうことだ？」

「信用のない友人の数には意味がありません。しかし、自分が円の中心になることで生まれるサークルではおそらく信用が生まれます。するとその円の中でお金の動き、つまり経済が成り立つ」

「おお、それは何となくわかる。もし競馬サークルの主宰者が何か新しいことをしたいから応援してくれ、なんて言ってきたら、お金を出して応援するかも……」

「そういうことです。それがこれからのお金のつくり方になると思います」

まさかお金の話が先ほどの人間関係の〝円の中心〟の話ともつながるとは。翔太は再び絡まった糸がほどけ、点と点がつながるような感覚を味わっていた。

「私の証明、納得していただけましたか？」

「証明？」

詩織は真っ直ぐに翔太を見つめた。「証明」というその言葉がここまでの対話の比喩であることはもう理解できていた。

「〝あなたの無責任な主張は間違っている〟という私の主張の証明です」

「ああ、お金の不安なんて感じる必要はないし、お金は使わないことがカッコいい時代になると思うよ、ってやつね」

「……」

翔太は改めて整理していた。お金を使わずに貯め込むとは、どういうことなのか。

それは、「人を信用しない」ということだ。それが本当にカッコいい人の姿なのか。

1秒で出た答えは、ノーだった。

「まあ、納得した」

「そうですか」

「ムカつくけど、キミの解釈が正解なんだろうな」

その言葉に詩織が反応する。

「まだわかっていないようですね」

「は？　何が？」

「私は正解を言っているのではありません。先ほども申し上げたように、こういう問題は机上の数学とは違い、無数の解があります。私は自分の解だけが正しいと主張したいのではありません」

「……」

「ほかに解釈があるのなら、私の知らない捉え方があるのなら、それを知りたいだけです。もっとも納得いく解がほしいだけです。あなたの主張であっても数学的に説明できるのであれば、私はそれも一つの解として認めます。数学的に説明できないものを、私は〝間違い〟と定義しているだけです」

「……」

その時、翔太はふと思った。もしかしたら、この女子高生は孤独なのではないか。ほかの解釈や捉え方も知りたい。でも、それを気づかせてくれる人がいない。そう聞こえた。

そういえば、この学校にも友人は一人だけしかいないと言った。高校生とは思えない頭脳と物言い。ごく普通の同年代とは距離を置かれ、高校生活は寂しいものなのかもしれない。なぜ翔太に声をかけたのか。その理由がなんとなくわかってきた気がした。翔太は一言で返事をする。

「あっそう……」

この女子高生はこれまでいったいどう生きてきたのか。その心にはどんな陰陽があるのか。翔太はそんなパーソナルな部分を尋ねてみたい衝動に駆られていた。

「……全然関係ないけどさ」

「はい」

「好きな食べ物は？」

「質問の意味がわかりません」

「いいから」

その質問は二度目だった。5秒ほどの沈黙のあと、詩織は目をそらして「ナポリタン」と小さな声で答えた。やっぱり子どもだな、と思った。

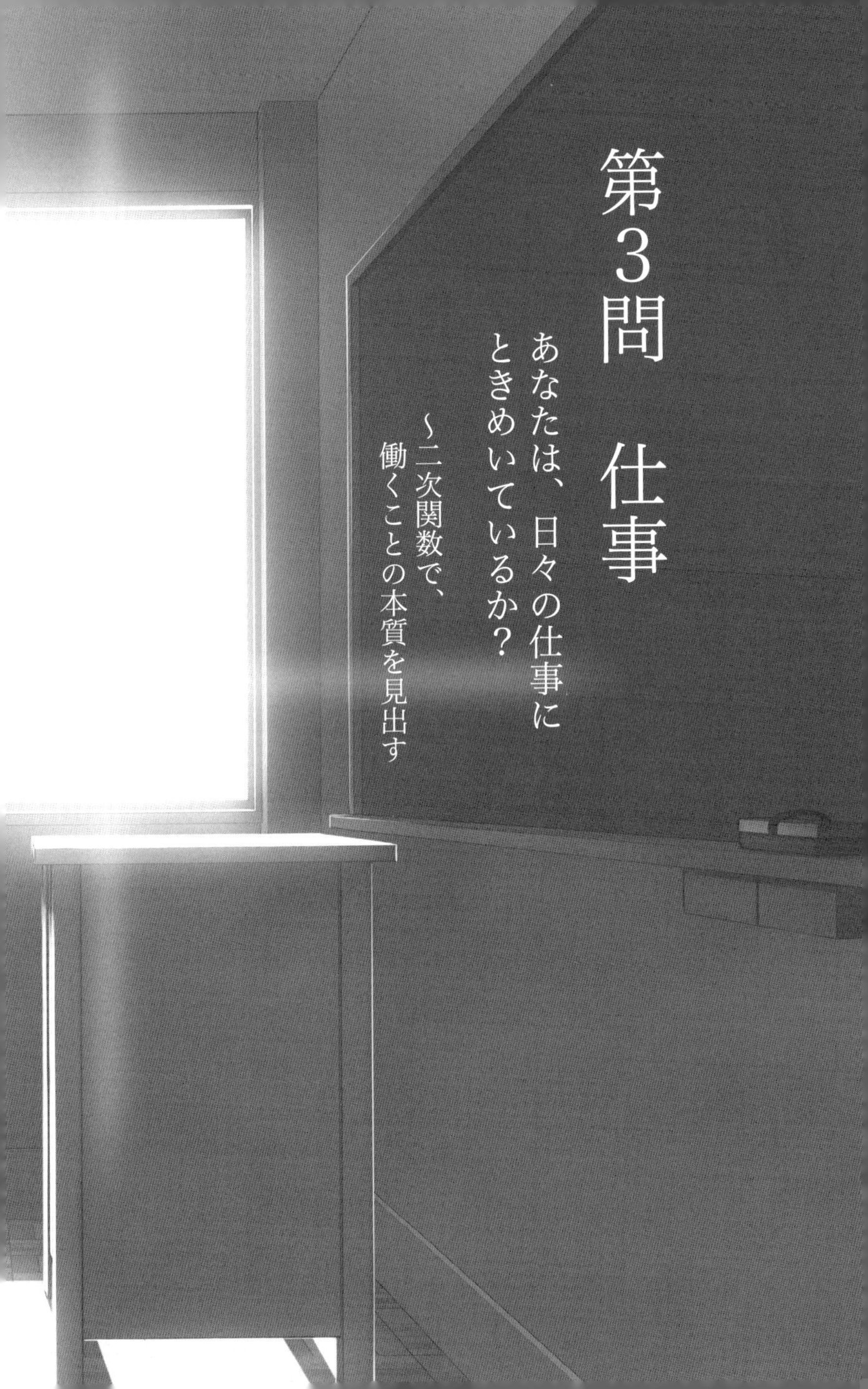

第3問　仕事

あなたは、日々の仕事にときめいているか？

～二次関数で、働くことの本質を見出す

数学は、人間精神の栄光のためにある。

カール・グスタフ・ヤコブ・ヤコビ

1

　食堂を出た二人は、校舎に向かって歩き始めた。

　どう見ても親子には見えない、かといって兄妹にも違和感があるスーツ姿の男と女子高生。通り過ぎる男子学生のグループが、怪訝そうな表情でこちらを振り返る。詩織はそんな視線を無視し、ある場所に向かおうとしていた。

「一つ質問があります」

「何だよ」

「そのために、いまから職員室に向かいます」

「職員室？　何で？」

「行けばわかります」

　詩織の口調に気圧され、言われるままに翔太は詩織の後をついて行く。やがて二人は職員室の前までやってきた。

「ちょっと覗いてみてください」

「覗きの趣味はねーんだけど」

「いいから」

「……ったく」

翔太は後方の扉から、職員室の中を覗いてみた。明らかに不機嫌そうな表情でパソコンの画面を睨みつけているベテラン女性教員。机に突っ伏して眠っている男性教員。高齢の男性教員から何やら叱責されている若い女性教員。大人になって初めて職員室という空間を客観的に眺めた翔太でさえ、そこにある光景に負のオーラを感じた。もしかしたら、これが現代の多くの〝職場〟という空間に存在する〝何か〟なんだろうか。

「なぜ大人たちは、あんなに疲れているのですか?」

詩織の問いに翔太はドキッとした。たしかに自分も〝疲れている〟ことを実感する時がある。もちろんそれを表に出すことはしない。実際、つい先ほどの講演会で「疲れなど微塵も感じていないイキイキとした大人」を演じたばかりだ。

「疲れてる?　そうか?」

翔太はいったんそう返事をし、詩織の問いに対する答えを頭の中で探した。インターネットの記事で見たことがある。いまの子どもたちの大人に対する印象、第1位は「疲れている」だった。たしかに、詩織くらいの世代からはそう見えるのかもしれない。

「その理由が仕事にあるように想像するのですが」

「……まあ、そうかもな。いろいろ大変なんだよ、みんな」

「おかしい」

「……？」

「あなたは今日の講演会でこう言いました。仕事なんて高望みせず普通にやっていればどうにかなる、と」

「ああ、言った」

「仕事なんて高望みせず普通にやっていればどうにかなるのなら、なぜ〝いろいろ大変〟なのですか？　なぜ自分の意思で選んだ仕事をしているはずなのに、疲れる必要があるのですか？　なぜ、日曜日の夜になると憂鬱になる大人がいるのですか？　あなたの言う〝どうにかなる〟とは、そういう矛盾に耐えながら仕事を続けることを意味するのですか？」

詩織の言葉は無邪気なだけに、鋭い。たしかに、そういう大人が多いことを否定はできない。俺は講演会で若者に嘘を教えていたのだろうか……。翔太はそんなことをじっと考えることしかできない。しびれを切らした詩織が言葉を続ける。

「論点を少し変えましょう。あなたの仕事はホテルマンですよね。ならば今後ＡＩ時代に突入するにあたり、そのような仕事は人間がやらなくてもよくなるのでは？　つまり、これまでとこれからの人間の仕事は変わってくるのでは？」

「……」

「にもかかわらず、普通にやっていればどうにかなるという〝現代の疲れた大人たち〟の主張は……」

「あーもう、うるせえな！　納得できないって言いたいんだろ、まったく」

「はい、そうです」

涼しい顔でそう答える詩織に対し、苛立ちを抑えきれない翔太。陰と陽。マイナスとプラス。そんな比喩がピッタリの二人が、職員室の前で睨み合う。

しかし、翔太はやはり反論できない。ＡＩ時代という言葉は耳にタコができるほど聞いた。そして、人間の仕事は失われていくだろうという仮説もたくさん聞いた。ホテルマンという仕事もその中に入るのではという危機感と不安は、当然ながら持っていた。それを初めて会った女子高生があっさり指摘してしまったことが、翔太を不快にさせていた。

しばらくの沈黙の後、口火を切ったのはまたしても詩織だった。

「いろいろ申し上げましたが、要するに私が言いたいのは〝そもそも仕事って何？〟ということです」

「……仕事とは？」

「私はまだ学生です。アルバイトを含め、仕事というものをしたことがありません。だからわかりません。あなたには生意気に思えるかもしれません。でも、純粋に私には分からないのです。疲れている大人たちを見ていると、仕事って何なのだろうと」

「……」

「普通にやって普通に給料をもらえればそれで満たされるなら、極めて安定した仕事と給与をもらっている教師はなぜ、あんなに疲れているのでしょう。なぜあんなに不機嫌なのでしょう。もちろん教師という特定の仕事を指摘しているのではなく、あくまで一例として挙げただけですが」

「……」

仕事とは何か。長年仕事をしている人ほど考えないことかもしれない。当たり前のように存在し、高望みせず普通にやっていればどうにかなるもの。本当にそれでいいのだろうか？　大人として、仕事というものをいまから再定義する必要はないだろうか。翔太の脳が、ほんの少しだけ数学的思考を始めようとする。

「場所を変えましょう。ここで立ち話をするわけにもいきません」

「ふん。もう帰ろうと思ってたのによ」

翔太のその言葉は、もちろん嘘だった。

2

二人は靴を履き替え、グランドに出た。野球部とサッカー部がまだ練習をしている。その光景は、翔太がこの高校にいた頃とほとんど変わらない。野球部だった翔太は、思わず後輩の練習風景に釘付けになっていた。

「懐かしいなぁ。金属バットの音、いろんなことを思い出すわ」

「……」

「そういえば、キミは部活やってんの？」

「いいえ。特に必要性を感じないので」

「あっそ」

この話題でこれ以上深入りしない方がいいと判断した翔太は、さっそく本題に入ることにした。

「仕事とは何か。つまり、仕事を定義するってことだよな」

「野球部のマネージャー」

「え？」

「野球部の女子マネージャーたち、なぜあんなに一生懸命になれるのでしょうか」

「なぜ？」

「いわば雑用係です。仮に野球というスポーツが好きなのだとしたら、球場に足を運んだり、テレビを観たりすればいいわけです。なぜ、わざわざ汗臭い男子部員の近くで、しかも楽しそうに雑用をしているのか。完全に私の理解を超えています」

詩織らしい言い回しに、翔太は思わず吹き出してしまった。一方で、詩織の言いたいことも理解できた。野球部のマネージャーの〝仕事〟はいわば雑用。その雑用を一生懸命、楽しそうにやっている。仕事で疲れている大人とは大きく違う。そう言いたいのだ。

「まあ野球部OBとして言わせてもらうと、マネージャーたちは特別野球が好きなわけではなかったかな。かといって雑用が好きなわけでもない。しいて言うなら、雑用することで感謝されることが好き、なのかな」

「……?」

「ほら、洗濯とか球拾いとか記録係とかってやっぱ雑用だから、誰もやりたくないわけよ。それをやってくれるから部員は当然感謝する。で、サンキューとか言うわけよ。君のおかげで頑張れるよって。それがほしいのかな、マネージャーって」

「その考察、興味深い」

詩織の中にあるスイッチが入った。じっと正面を見つめながら何かを考えている。一方の翔太は、いまの話の何が「興味深い」のかサッパリわからない。ただ、詩織の心に何かが引っかかったことだけはたしかなようだ。

「質問です。たとえば、仕事の満足度を決めるものとは？」

「は？　何だよ急に」

「いいから。仕事の満足度を決めるものとは？」

「まあ、基本はその仕事が好きかどうかかな。やっぱり人間だから、嫌いな仕事をしてちゃなかなか満たされないだろうし」

「ほかには？」

「ほかには……まあたとえば目に見える成果が出た時かな。俺の仕事なら、ホテルの部屋を満室にしたとか、お客様から御礼の手紙やメッセージをもらったりとか……」

詩織は相変わらず正面を見つめながらじっと何かを考えている。ひょっとして、この頭はまた数学をしているのだろうか。

「重要な質問です。その〝ホテルの部屋を満室にした〟と〝お客様から御礼の手紙やメッセージをもらった〟は、どちらの方が仕事に対する満足度をより高めますか？」

「どちらも」

「認めません。どちらかと言われたら？」

「うーん。だとしたら、答えはお客様からの感謝かな」

「つまり〝ありがとう〟の数であると」

「まあ、そうだな」

「なるほど。一つの解が導けるかもしれません」

「は？」

「なぜ大人は仕事で疲れているのか。どうすれば仕事で満たされるのか。そもそも仕事とは何か。数学的に説明できそうです」

「おいおい、また数学かよ……」

その言葉とは裏腹に、翔太は早くその説明が聞きたかった。近くにあったベンチに自ら座り、詩織の目をじっと見つめる。〝ここに座れよ〟という無言のメッセージを受け取った詩織は隣に腰かけ、さっそく数学を始めた。

3

「まず前提の確認です。仮に〝仕事に対するポジティブ度数〟と表現しますが、自分のしている仕事が好きかどうかの値は変化するものでしょうか。あるいはずっと一定のものでしょうか」

「あ？　何だその……何とか度数？　何か長いし、よくわからん。単純に仕事がどれくらい好きかってこと？」

「そうです」

「じゃあこうしよう。〝好き度〟ってのはどうだ」

「指標の名称なんて単なる記号。何でもいいです」

許可をもらった翔太は自分がイメージできる〝好き度〟という表現で話を先に進める。数学脳の詩織には名称など単なる記号にすぎなくても、直感的な翔太の脳にとって、ネーミングは重要なのだ。

「さっきの質問に戻ると、もちろん〝好き度〟は変化する。たとえば最初は嫌いだと思っていた仕事が、気づいたら好きになっていることもあるだろうし。その逆もあるだろうな」

「ではその〝好き度〟は、いったい何と相関関係がありますか？」

「ソウカン……？　何か難しいな、おい」

翔太は眉間に皺を寄せる。相関関係とは、一方が変化すればもう一方も変化するような関係性のことを意味するらしい。

「では表現を変えます。何が増えれば仕事への〝好き度〟も増えるのでしょうか」

「ああ、そういうことか。たとえばさっき出た〝ありがとう〟なんてその典型かもしれないな。やっぱり嬉しいモンだし」

詩織はその返事を聞いてから、再び翔太にメモ用紙とペンを求めた。しかしさすがに机の上ではないと書きにくい。翔太は鞄からノートパソコンを取り出し、下敷きとして使うよう、詩織に向けて差し出した。

「ここまでを整理します。仕事の満足度を決めるものは大きくわけて2つ。一つは〝ありがとう〟の数。もう一つは〝好き度〟という数」

「……」

「この2つの相乗効果で仕事の満足度は決まる。ここまではいかがですか」

「ああ、少なくとも俺はそう思う」

「相乗効果という概念は、数学では掛け算で表現することができます」

意味が分からん、と表情で訴える翔太。詩織は口頭で説明を加える。たとえば小売

※「相乗効果」とは「掛け算」である

（単価）×（客数）＝売上高

（2倍の単価）×（3倍の客数）＝6倍の売上高

単価UP、客数UPの相乗効果により、
売上が飛躍的にUPする

業の売上を考える時、単価と客数の掛け算で計算するが、それぞれ2倍、3倍になればＲ2×3＝6倍の売上になる。それと同じことだと。

翔太の納得した表情を見て、詩織はペンを走らせるスピードを速める。

「相乗効果なので掛け算の構造になっている。いま扱っているこのケースの場合、いずれも負の数（マイナスの数）は便宜上考えないものとします（1）」

「このどちらかが増えれば仕事の満足度も増えるってことだな。当然、両方高い方が満足度はより高くなる」

「ええ。そして〝好き度〟は〝ありがとう〟の数と相関性があるということなので、先ほどの話を参考に、このように因数分解します」

「因数分解？」

「シンプルに言えば、異なる要素の掛け算に分解することです。いまの（〝好き度〟）は、（最初の〝好き度〟）×（〝ありがとう〟の数）と考える（2）」

「ん？」

「先ほどの話にあった内容そのままです」

(1)

仕事の満足度＝

（仕事の"好き度"）×（"ありがとう"の数）

(2)

（仕事の"好き度"）＝

（最初の"好き度"）×（"ありがとう"の数）

(3)

仕事の満足度＝

（最初の"好き度"）×（"ありがとう"の数）

×（"ありがとう"の数）

＝（最初の"好き度"）×（"ありがとう"の数）^{2}

「そうか。最初は嫌いだと思っていた仕事も、気づいたら好きになってることもある。それは得た〝ありがとう〟の数で決まると」

「以上、（1）と（2）より、（3）が導かれます。これが仕事の満足度の正体ということになります」

「二乗……同じ数を2回掛けることだよな。で、どうなるんだ？」

学生時代、数学の授業で二乗と呼ばれる数字はたくさん出てきた。もちろん字面としては理解できる。しかし、結局それがいったい何かをイメージすることができなかったように記憶していた。

「これを見てください」

「？」

詩織はスマートフォンを取り出し、何かを検索している。その指の動きは自分のそれよりもずっと速い。やっぱりいま時の高校生なんだな、と翔太は改めて感心する。

「たとえば、$y=x^2$ や $y=2x^2$ のグラフはこんな感じです」

「うわ、こういうのマジムリ！　でも、なんか学校でやった記憶はあるな……」

x	0	±1	±2	±3	±4	±5
$y=x^2$	0	1	4	9	16	25
$y=2x^2$	0	2	8	18	32	50

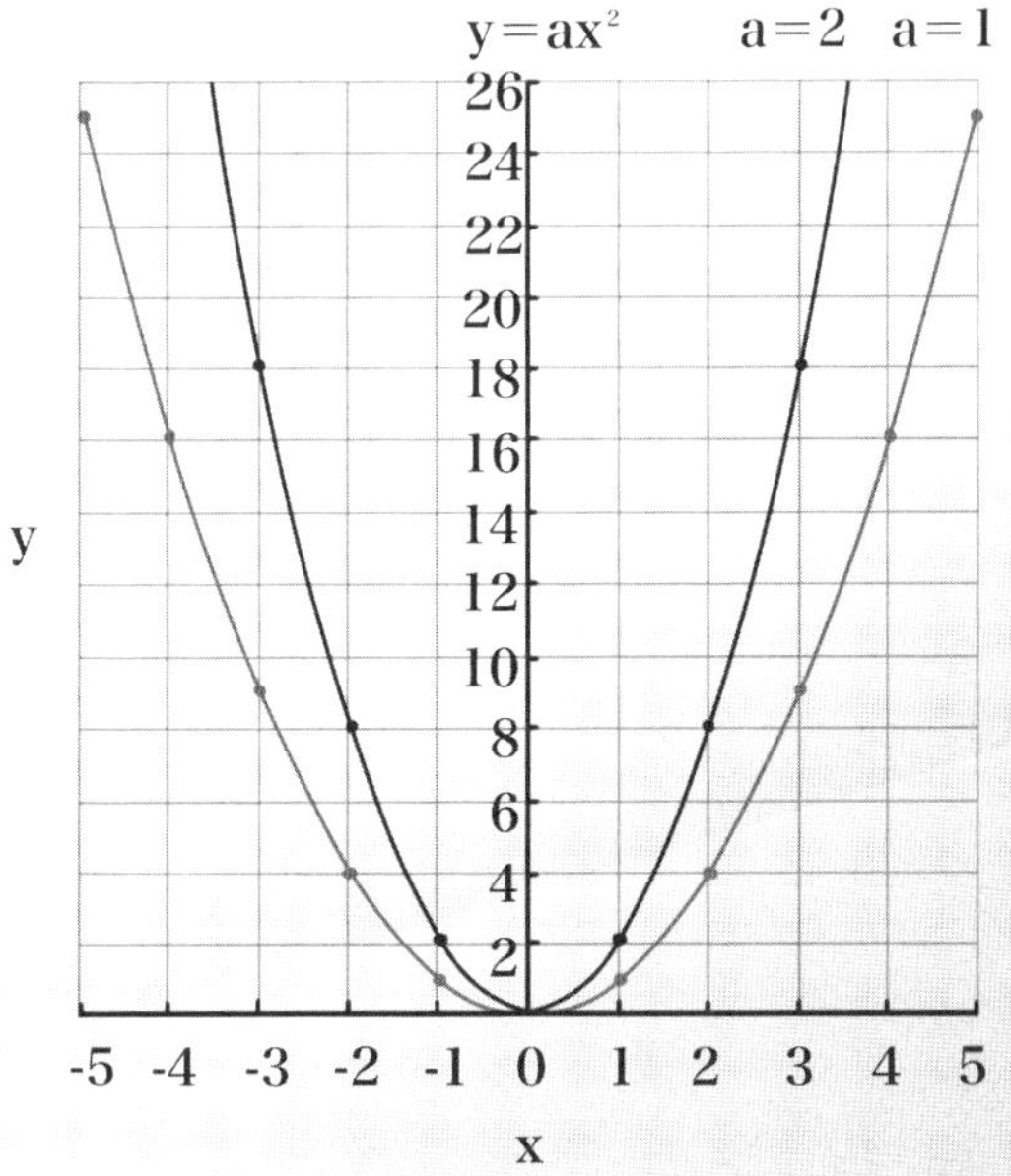

「この関数は、先ほどの仕事の満足度と基本的には同じ構造をしています。極めて乱暴に表現すれば、〝ありがとう〟の数が増えれば増えるほど、仕事への満足度は加速度的に増えていく関係にある、といったところでしょうか」

その詩織の言葉は、翔太の感覚と近いものだった。サービス業であるホテルマン。結局その仕事が好きになるかどうかはお客様からの〝ありがとう〟の数によること、そしてそれが1日に1回でもあるのとないのとでは、その日の充実感がまったく違うことも、実感として間違いなくあった。

「てことは、さっきの仕事の満足度の式をグラフで表すと……」

「ざっくり描くと、こんなイメージです。ただし、ここでは数学の厳密さを都合よく省いています。本来、正しく数学を使うのであれば、横軸は連続した数値である必要があります。しかし、たとえば〝ありがとう〟の回数に4・37回というものは実質的には存在しない。よって、ここでは変化の仕方をざっくりでもイメージできるよう、不連続のデータを都合よく解釈し、グラフのような連続した曲線で表現しています」

「後半は何言ってるかサッパリわかんねーけど、たしかにこのグラフのカーブはしっ

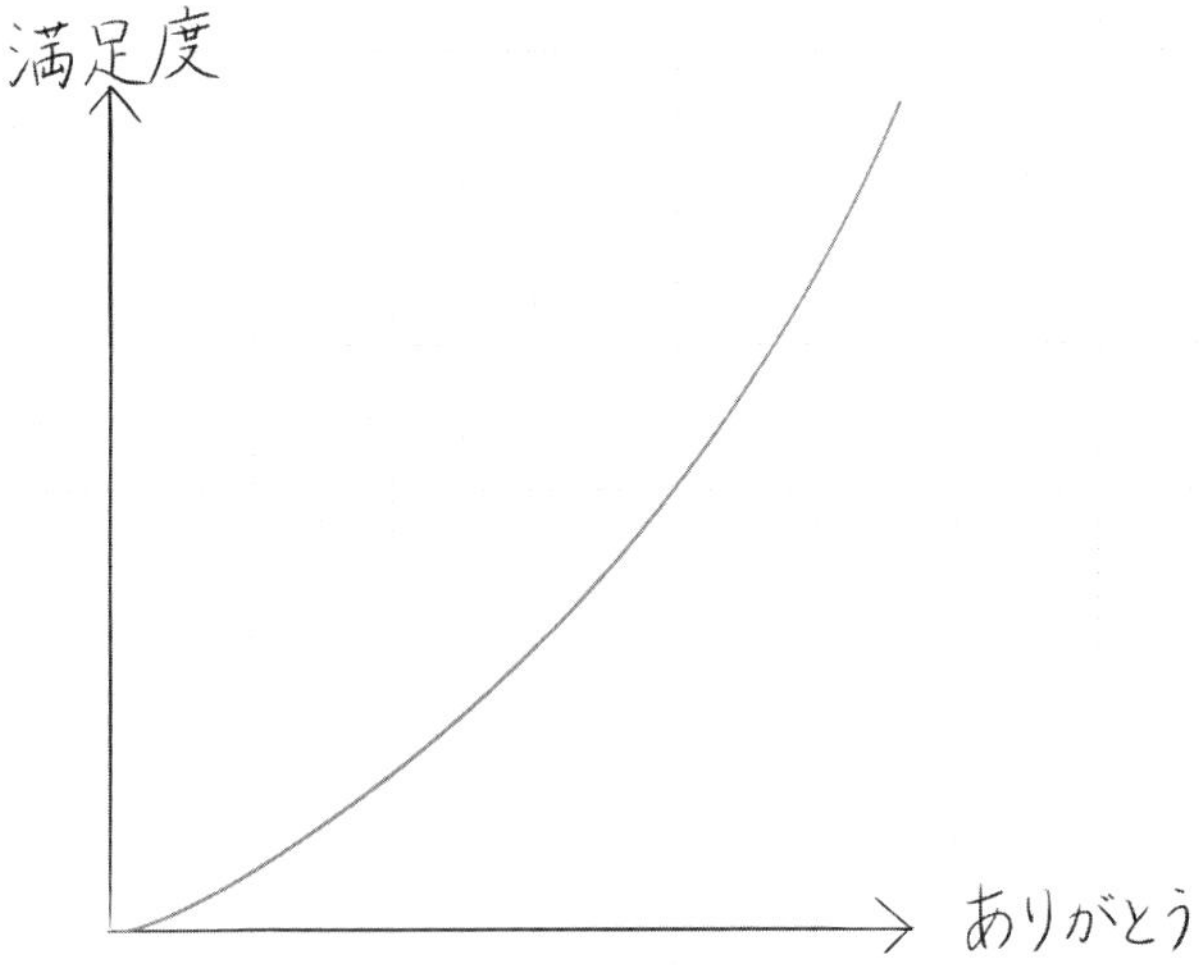

①「ありがとう」の数と仕事の満足度の関係

くりくるわ」

「今回は私ではなく、あなたの仕事に対する考え方を数学で表現しました。それに違和感がないのなら、この二次関数があなたのイメージを数学的モデルにした一つの形と言えるかと」

「これを二次関数っていうのか……」

練習が終わり引き上げてくる野球部の部員が翔太の目に入った。女子マネージャーたちがその列の最後に並んで歩いてくる。何やら楽しそうに話をしている彼女たちは、マネージャーという仕事に満足しているのだろうか。

「さらに質問」と切り出す詩織に、翔太は「何だよ？」と表情で返事をする。

「たとえばこの関数の横軸が給与額、つまり収入だとしたら、仕事の満足度とはどんな関数になるのでしょう」

「収入？」

その時、翔太は詩織の表情の中に微かな陰を感じた。それは理屈では説明できない、直感的なものだ。しかし翔太は、この質問に詩織の中にある「何か」を感じていた。

ビジネスパーソンとして、しっかり丁寧に、責任を持って答えないといけない問いのような気がして、翔太なりに必死に関数を作ろうと試みる。

4

「何となく、直感的なものでもいいのか？」

「ええ」

「たとえばもし給与が低い人が倍の金額になったとしたら、超嬉しいと思う」

「……」

「でも、年収1億円の人が年収2億円になっても、それほど嬉しさは変わらないような気が……もちろん俺にはそんな収入ないから想像でしかねーけど」

「収入額が大きければ大きいほど、増額に対する感動は少ないということですか」

「まあ、何となくな」

「つまり、関数で表すと$y=\sqrt{x}$みたいなものだと」

「おい、次はルート（$\sqrt{\ }$）か……懐かしいけど意味、何だっけ？」

「本当に勉強していなかったのですね。$\sqrt{x}$は二乗してxになる数のこと。ゆえに$\sqrt{4}$は2、$\sqrt{9}$は3です」

淡々と語る詩織とは逆に、ルートという言葉だけで嫌悪感を抱いてしまい先に進めなくなるのは、やはり数学に強いアレルギーがある証拠なのだろう。詩織はまたもスマートフォンで検索し、$y=\sqrt{x}$のグラフを翔太に見せる。

「へー。これが$y=\sqrt{x}$のグラフか」

「x＝1ならy＝1、x＝4ならy＝2となる関数です。xが増加すればするほど、yの増え方は鈍化する関数です」

詩織は、この関数が収入額と仕事の満足度の関係を表現していると説明した。話が飛躍しすぎて、翔太にはついていけない。その様子を見た詩織が、再びメモ帳に新たな数学的モデルのグラフを描き始める。

「仕事の満足度と給与額も関数と捉え、『仕事の満足度＝（最初の〝好き度〟）×$\sqrt{給与額}$』と仮に定めてみます。この関数はこのようなカーブを描くことになります。あくまでざっくりしたイメージですが」

「あ、おお、$y=\sqrt{x}$ってやつと似てる。それに……」

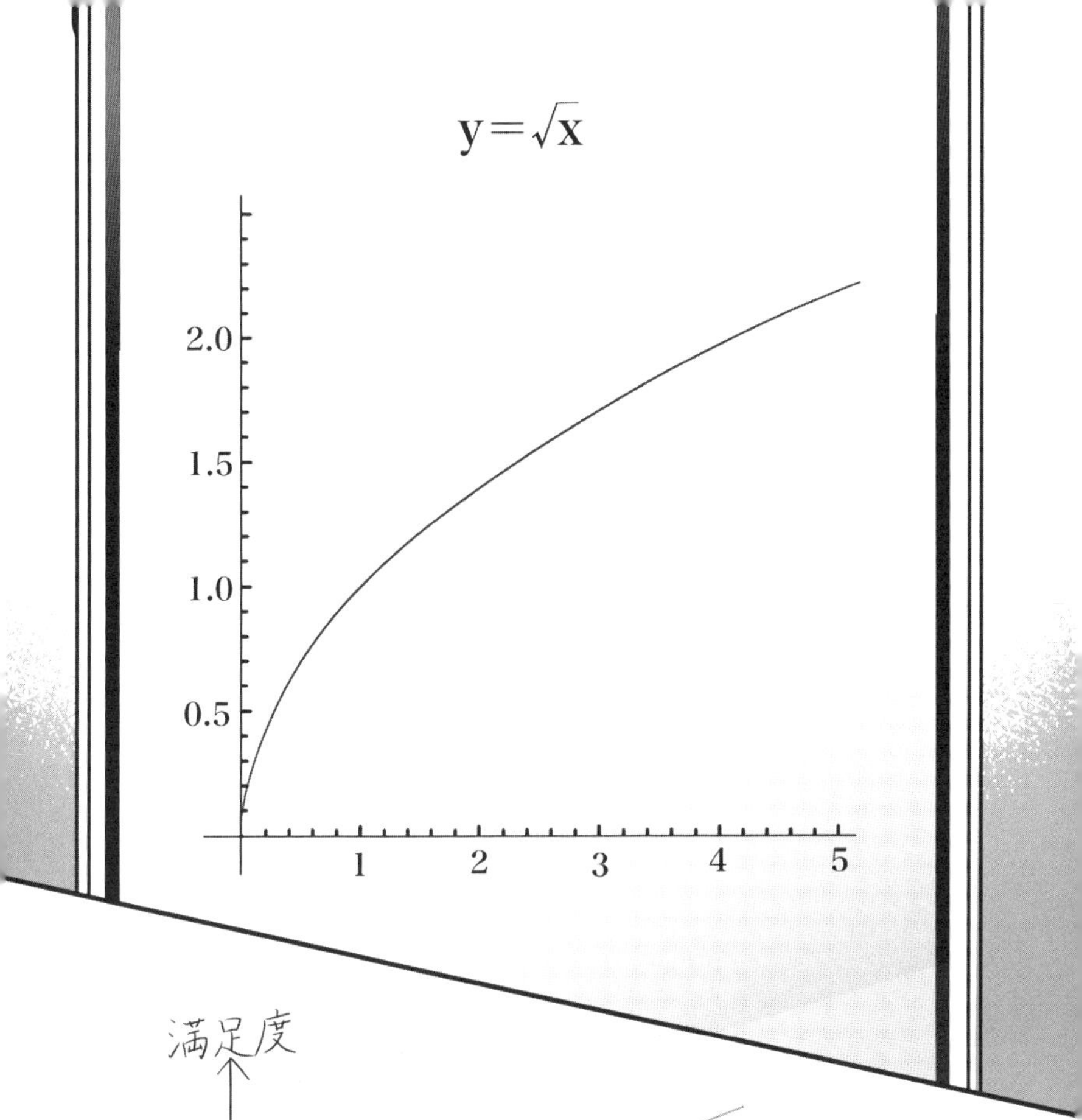

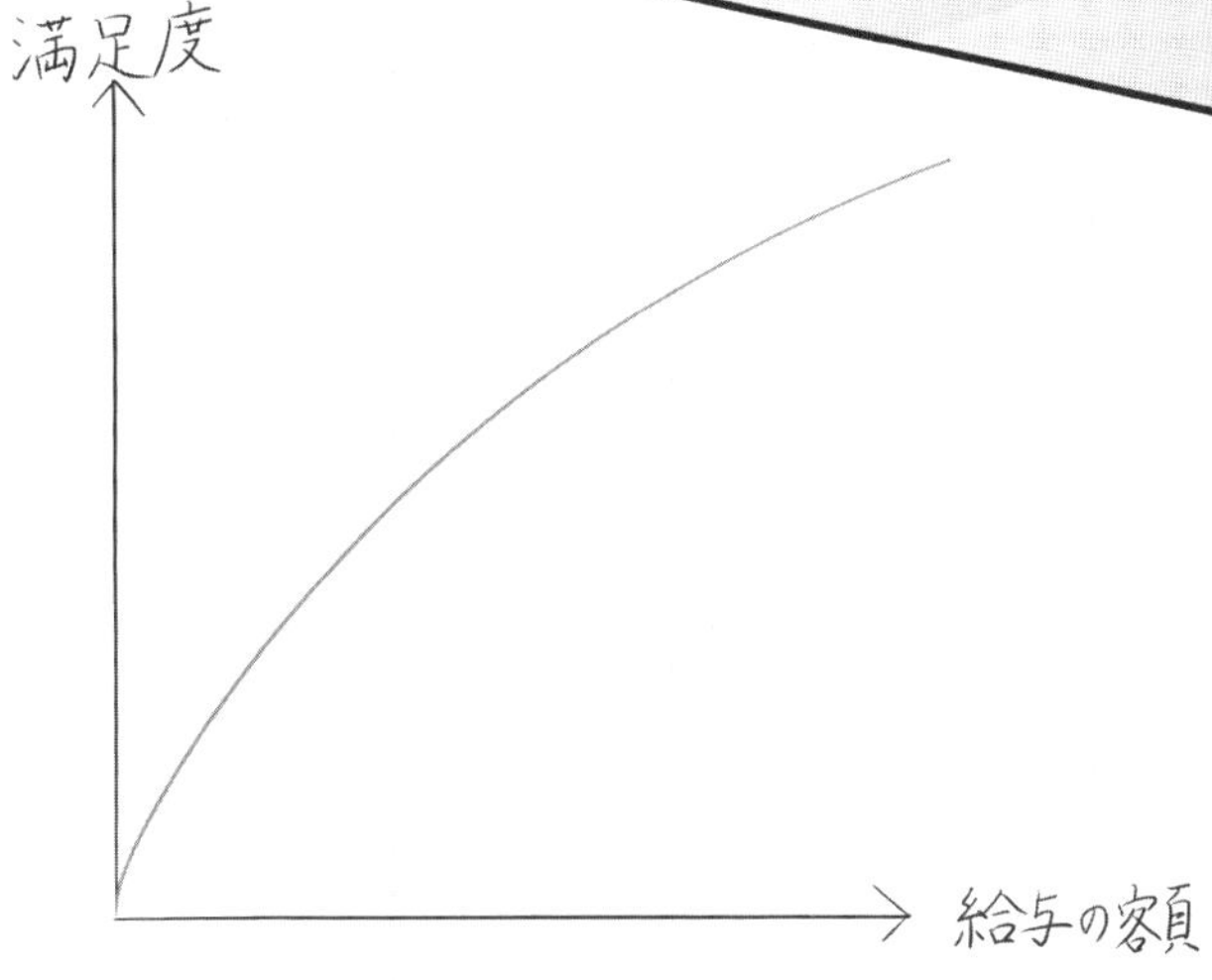

② 「給与の額」と仕事の満足度の関係

翔太が先ほど言った収入と仕事の満足度に関するイメージは、たしかにこのようなカーブだった。

「ちなみに、スマホの画面で見せた$y=\sqrt{x}$は先ほど同じように画面で見せた$y=x^2$とは逆の意味合いを持つ関数です。そのため、数学ではこれを〝逆関数〟と呼びます」

「逆関数？　何が逆なんだよ」

翔太はいったんそう聞いておいてから、自分なりに頭を整理しようとする。〝ありがとう〟の数という概念をxとした時の仕事の満足度を表す関数は$y=x^2$のようなもの。それと給与額をxとした時の仕事の満足度を表す関数とが、数学では逆の概念として説明されている？　いったいどういうことを意味するのか。

「よくわからんけど、こういうことか？〝ありがとう〟の数を増やそうとして仕事をすることと、〝給与額〟を増やそうとして仕事をすることは、真逆の関係にあると」

「私にはわかりません」

「……？」

「私は仕事をしたことがないのでわかりません。ただ、あなたがこれまで言ってきたことを数学的に解釈すると、そういうことになります」

「……」

「この解釈、あなたは納得できますか？」

きた。翔太はそう思った。教室での会話からここまで、詩織はとにかく納得できたかどうかにこだわっていることがわかってきた。

納得できるか。その問いに翔太は自問自答する。〝ありがとう〟の数を増やそうとして仕事をすることと、〝給与額〟を増やそうとして仕事をすること。これまでのホテルマンとしての経験を踏まえ、この二つが反対の関係にあるという数学の説明に納得できるか。

「正直、俺にもわからん」

「……」

「でも、もうちょっと考えたい。たしかに、サービス精神旺盛でお客様の満足を最優先で考える奴と、自分の給料や環境を愚痴ってばかりの奴は逆だな、とは思う」

詩織は黙って翔太の言葉を待つことにした。翔太は詩織の描いたメモをじっと眺めている。二つのカーブを見比べる。答えは、もうすぐそこにある。

「待てよ。これ、重ねてみると……」

翔太はそう言い、空いたスペースに2つのカーブを重ねて描いてみた。重なった二つのグラフは、翔太にあるメッセージを発している。〝ありがとう〟が増えても、給与が増えても、仕事の満足度は上がるだろう。しかし、その増え方が違う。そして、その二つの増え方はまるで鏡で映したかのように対になっていると。

「どうやら、分かってもらえたようですね。$y=x^2$ と $y=\sqrt{x}$ は逆関数と呼ばれる関係にあり、ご覧の通り対称的なカーブを描きます。なお、逆関数についての厳密な数学的定義についてですが、ある値 x に y という値を対応させる関数に対し、その逆、つまりその y の値に対して元の x の値を対応させる関数のことを意味します。ただし……」

「あー、わかった！　そこまででいい」

「そうですか」

詩織はそう言い、スマートフォンに表示された二つの関数を重ねたグラフを翔太に見せる。それは、翔太がたったいまメモ用紙に書いたそれにそっくりだった。翔太は驚くと同時に、ようやく納得できた。そして不思議な感覚を抱く。この二つのグラフ

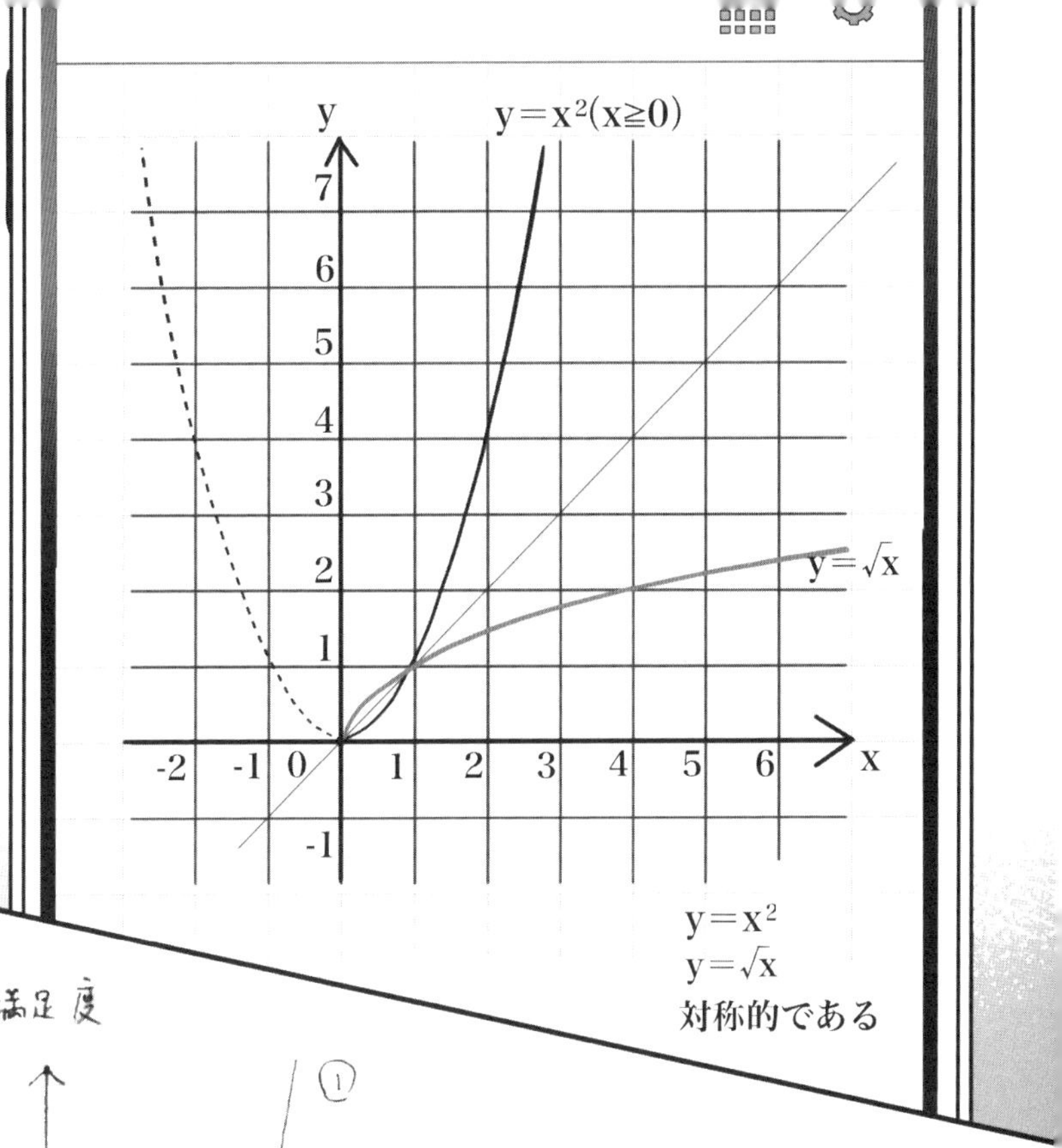
y
y＝x²(x≧0)
7
6
5
4
3
2
1
-1
-2
-1
0
1
2
3
4
5
6
x
y＝√x
y＝x²
y＝√x
対称的である

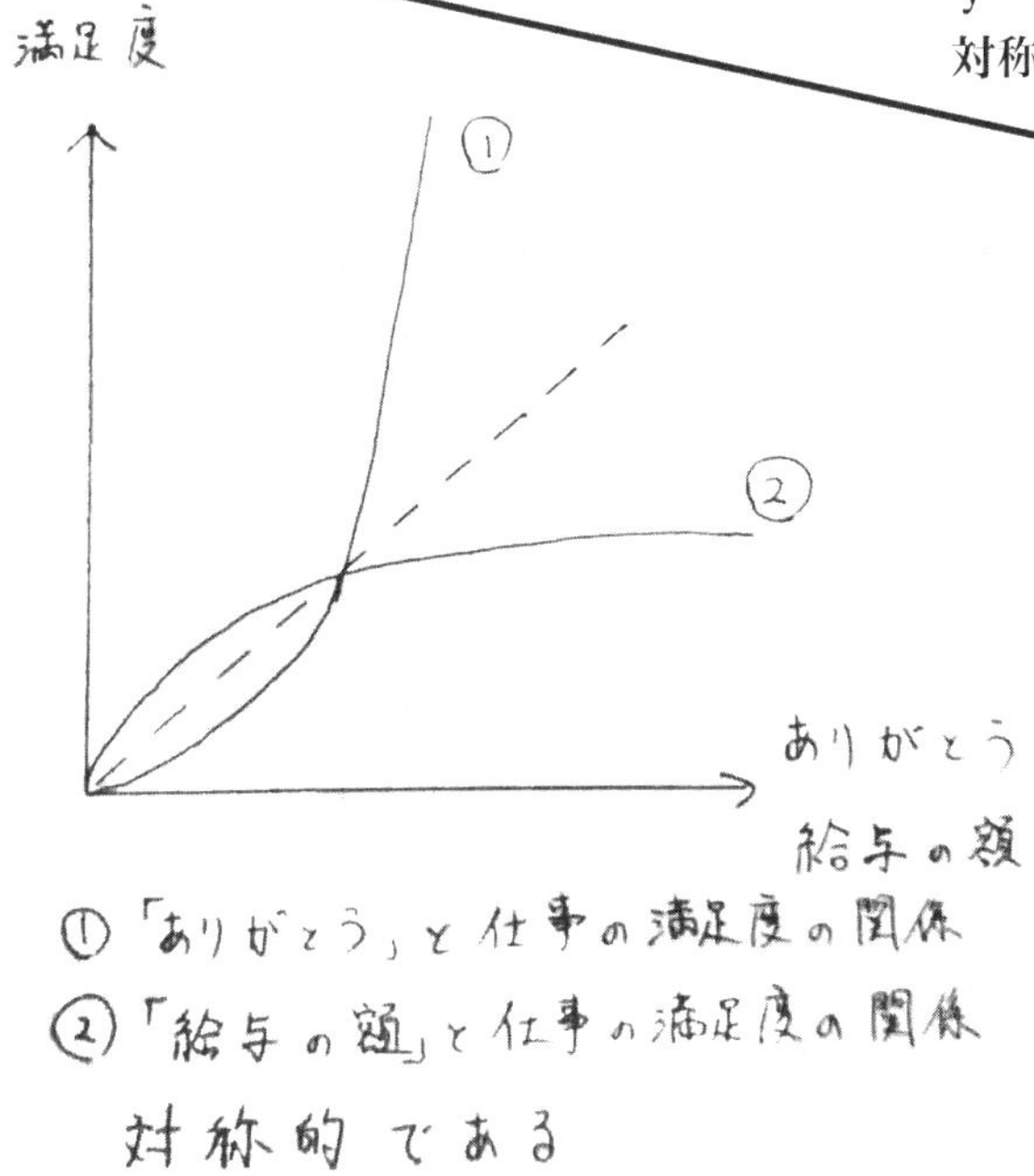
満足度
①
②
ありがとう
給与の額
①「ありがとう」と仕事の満足度の関係
②「給与の額」と仕事の満足度の関係
対称的である

の関係を美しい、と思える感覚だ。

5

それから10秒ほど間があっただろうか。詩織が思わぬことを口にし始めた。

「私の両親はいま、シアトルにいます」

「え?」

「父は米国公認会計士、母は弁護士。二人ともいわゆる仕事人間で、家庭はほとんどほったらかし」

「……」

「5年前、父と母になぜその仕事をしているのかと尋ねたところ、二人からまったく同じ答えが返ってきました」

「どんな?」

「収入がいいから。ただそれだけ」

「よくわからないけど、きっとアメリカでそんな仕事してるってスゴいことだぞ。そりゃ稼ぎだっていいだろうよ」

「でも、彼らは満たされていない」

「……？」

「いつもイライラしていて、お互いケンカばかり。自ら選んだ仕事にもかかわらず満たされていない。むしろいつも疲れている。たしかに経済的余裕はあるかもしれない。でも、心の余裕はまったくない」

電車内で乗客同士のトラブルを起こす大人。インターネット上で個人を攻撃する大人。不機嫌な大人が多いのは、心の余裕がないからだろうか。

そしてこの言葉を聞いて、翔太はなぜ詩織がさっき給与額と仕事の満足度の関係を真剣な顔で聞いてきたのかを理解した。あの質問をした瞬間、きっと$y=\sqrt{x}$のグラフが詩織の頭の中でイメージされていたに違いない。それを確かめたかったのだ。

「心の余裕か。そのためには仕事でどれだけ〝ありがとう〟をもらえるかが大事なのかもしれない」

「心の余裕がない人の側にいると、攻撃されたりしてストレスも増えます。一緒にいるメリットがない。だから私は拠点をシアトルから日本の祖母の家に移し、日本の高校に通うことにしました」

「……」

気づけば、自分のプライベートを告白していた詩織。余計なことを話したと後悔し、わざと翔太から視線を外す。会ったばかりの相手にこの話をしたのは初めてだった。

「ちなみにだけどさ」

「はい」

「たしかに心の余裕と仕事での〝ありがとう〟の数には相関関係があると思う」

「それで？」

「仕事での〝ありがとう〟が増えるとちゃんと成果も出るのかね、実際のところ」

「……？」

「あ、すまん。変なこと言った」

「ホテルマンの仕事はどうなのですか？」

「どうかな」

「……」

ひと晩を快適に過ごせて当たり前。食事も出されて当たり前。丁寧な対応も当たり前。それがホテルという場所だ。翔太は最近〝ありがとう〟をお客様から言われていないことに気づいていた。それが「高望みせず普通にやっていればいい」という価値観を生んだ一つの要因なのだろうか。そもそも、ホテルマンにとっての成果とはいったい何なのだろう。

「はは。ビジネスパーソンが女子高生にする質問じゃないよな。まあ自分で考えろって話だし」

その言葉とは裏腹に、翔太は詩織のある言葉を期待していた。自分で考えろという正論は認めつつ、具体的にどう考えれば解が見つかるのか、そのとっかかりがほしかった。そしてそのとっかかりは、詩織の口から見事に出てきた。

「数学的に考えればいいと思いますけど？」

6

「……キミ、数学と結婚したら？」

「意味がわかりません。論理的でない」

「ったく、冗談が通じないな」

鼻で笑う翔太。もちろんそれは詩織をバカにした笑いではない。詩織にもそれは理解できた。

「〝ありがとう〟の数は文字通り数量です。そしてそれを増やすという概念。この二点から、どう考えてもこれは数学の問題です」

「なるほど。これも数学的モデルとかいうやつで表現できるってことか？」

「ええ。成果というものを構造化すればいい。ではさっそく質問」

また二人の数学が始まる。翔太は楽しみに詩織の言葉を待つ。

「ホテルの仕事の成果とは、何ですか？」

「それなんだよ。成果の定義。まあ、わかりやすいのは売上高ってことだと思うけど……」

「けど？」

「本質的にはお客様が増えることかな。売上を上げるというより、お客様を増やす。結果、売上も増える」

「では成果とはお客様が増えることである、と定義します」

「ああ」

「では、一人のお客様があなたに〝ありがとう〟と言う確率はどれくらいですか？」

「確率？　そんなのわかんねぇよ」

「具体的なデータがなくても、主観で構いません。ざっくり数値化してみてくださ
い」

「……ま、20％くらいかな。ちゃんと口に出して言ってくれるお客様は少ない」

「では、その人がまた来てくれる確率は？　もちろんこれも主観で」

「リピーターになるかってことだよな。うちのホテルは……ざっくり50％くらいかな」

「ではそのリピーターのうち、別のお客様を連れてきてくれる確率は？」

「別のお客様？　うちのホテルは紹介割引みたいなことはしてないから……だいたい10％くらいかな」

「なるほど」

詩織のメモには、次のような数式が書かれていた。


「この1％って？」

「先ほどの内容で確率の計算をしました。ざっくりですが、既存のお客様のうち1％が他のお客様を連れてきてくれることになります」

「1％ってことは……100人に1人が新たに別のお客様を連れてくるってことか」

「ええ。実感と比較してどうですか」

「だいたいそんなもんじゃないか。違和感はない」

「ではまた質問。この3つの率のうち、あなた個人がすぐにできて、かつ最も増やすことが容易なものはどれですか」

「そりゃどう考えても〝ありがとう率〟だ」

「ならば、それを増やすことが仕事の成果を上げることにもなるのではないでしょう

<数学的モデル1>

(ありがとう率)×(リピート率)×(紹介率)

$= 20\% \times 50\% \times 10\%$

$= 1\%$

か。たとえばこの〝ありがとう率〟を倍にすれば、単純に結論も倍になります」

翔太は「数学的モデル2」と書かれた数式を読む。これは簡単に理解できた。

「待てよ。こういう考え方はどうだ」

「何でしょう」

「100人のうち40人から〝ありがとう〟をもらっていると仮定して、何らかのサービスをさらに提供することで同じお客様からもっと〝ありがとう〟をもらえるようにしたら……？」

「つまり、リピート率や紹介率にも好影響が出ると？」

「そう！　『数学的モデル2』の40％のお客様から〝ありがとう〟をいま以上にもらうことができたら」

「飛躍的に大きな確率になります」

「〝ありがとう〟をたくさん言われたということは、それだけそのお客様に満足してもらえたということ。だからリピート率もちょっと増えるし、それだけ誰かを紹介してくれる可能性もちょっと高くなる。『ちょっと』を具体的な数値にして、仮にリ

〈数学的モデル2〉

（ありがとう率）×（リピート率）×（紹介率）

＝40%×50%×10%

＝2%

〈数学的モデル3〉

（ありがとう率）×（リピート率）×（紹介率）

＝40%×60%×20%

＝4.8%

ピート率と紹介率がさっきの数学的モデル2より10%ずつアップするとしたら……」

「4・8%。もともとの数字の5倍近くになります」

「……この話、〝ありがとう〟をもらった方が成果が出るって内容になってるか？」

「ええ。高校生の私でも納得できる数学的論述です。ともすれば感情論ですませてしまうであろう概念をきちんと数字で構造化し、論理的な説明が可能な状態になっています」

そう言いながら、詩織はさらにメモ用紙に何かを書き綴っている。その手が止まると、翔太に手渡した。

7

「何だこれ？」

「証明です」

「"ありがとう"を増やすことが仕事の成果につながる」

この命題は数学的に正しいか？

〈証明〉

「成果＝お客様の数が増えること」と定義する。

ビジネスパーソンは数学的モデルの"ありがとう率"を上げる活動をする。

すると、その数学的モデルによりお客様は増える。（＝成果）
加えて、ビジネスパーソンは"ありがとう"と言われることで仕事への満足度が上がる。

ビジネスパーソンの仕事への満足度向上は"ありがとう"を増やす原動力となり、さらなる成果をもたらす。

以上より、"ありがとう"を増やすことが仕事の成果につながる。

QED

「証明？　最後の〝ＱＥＤ〟って何だ？」

「ラテン語の Quod Erat Demonstrandum（かく示された）の略語です。証明や論証の末尾に置かれ、議論が終わったことを示すものです。ただし現代の数学においてはほとんど使用されていないようです」

「知らねえよ、そんなの」

文句を言いつつ、翔太はその証明をじっくり眺めてみた。理屈っぽくて好みではないが、たしかにかつての数学の授業でやった証明問題はこのような感じのものだった。あの時はまったく意味がわからない行為だったが……。

「おい、一つ聞いていいか？」

「ええ」

「これっておそらく、〝ありがとう〟を増やすことが仕事の成果につながることを、数学で正しいって証明したことになるんだよな」

「ええ」

「ということは、この結果を信じていいってことか」

「いろいろな解釈はあると思いますが、少なくとも私はそう思います。数学で正しいと証明されたものは、100%正しいですから。あとはその結論に人間が納得できるかどうかです」

翔太はその話を聞きながら、学食で会話した「お金＝信用」というキーワードを思い出していた。仕事とはお金をつくる一つの手段である。そのお金というものは信用である。つまり、仕事をすることは信用をつくる行為である。そのことと、〝ありがとう〟を増やすことが仕事の成果につながり、経済的にも潤うという結論が、翔太の中でつながった。点と点が、一本の線になった感覚。

「……」

「いかがですか」

「納得した。ホテルマンとして、どうすればお客様からの〝ありがとう〟が増えるか考えてみるよ」

ずっと眉間にしわを寄せていた翔太の表情が和らいだ。ところが次の瞬間、その表情はすぐ元に戻る。

「で、ここまでの話を踏まえて一つだけ反論がある」

「……？」

詩織は少しだけ驚いた表情を見せる。しかし詩織自身、その言葉に不快感を抱くことはまったくなかった。むしろその内容に興味津々という方が正確だった。なぜなら、反論があるということは自分が知らないことを知る、あるいは誤解していることに気づくチャンスでもあるからだ。

「キミが言ったことで、一つだけ納得いかないことがある」

「何でしょうか」

「ＡＩ時代は、ホテルの仕事を人間がやらなくてもいいのでは、ってやつ」

「ええ」

「仕事とは、人から〝ありがとう〟をもらうことだよな」

「ええ。それで？」

「思うんだけどさ、人が感謝するポイントを一番知ってるのもまた、人なんじゃないか。人間よりも人の心を察することができる生き物はいない。俺はそう思うんだ。まあ、科学的な根拠はないけどな」

「……」

「ホテルマンは究極の接客業っていわれてる。だから他のどの仕事よりも、人の心を察することが大切な仕事だと思う。つまり、ホテルマンは絶対に人がするべき仕事だと思うんだ。ＡＩがどうのこうのと騒がれてるけど、うまく共存すればいいんじゃないか。専門的なことはわかんねーけどさ」

詩織はしばらく黙っていた。もしかして怒らせたか？　翔太は詩織の反応を待つ。

「面白い」

「俺の考えは論理的に……間違ってる？」

「いいえ、論理的です。たしかにそうかもしれません」

意外な言葉に、翔太は小さな声で「よっしゃ」とつぶやく。無表情の詩織とは対照的に、翔太は喜びを隠さない。それはまるで、教師にほめられた生徒のようだ。

「ちなみにさ」

「ええ」

「ホテルマンはどうすればお客様からの〝ありがとう〟が増やせると思う？」

「それを考えるのが、あなたの仕事では？」

予想していた詩織の正論に、翔太は苦笑いで応えた。

8

日が落ちて薄暗くなったグランドを後にし、二人は校門まで一緒に歩いた。翔太にとって「未知との遭遇」と言っていい詩織との数時間の対話。苛立ちと戸惑いを感じつつも、刺激や学びのあるものだったことは認めざるを得なかった。

「日本の高校生活、楽しいか？」

「楽しくはありません」

「なぜ？」

「……」

「趣味とかないの？」

「……」

「まあいいか、そんなこと」

校門を出たところで立ち止まる。３秒ほどの沈黙。

「将棋」

「え？」

「趣味は、将棋」

「やっぱ頭良さそうな趣味だな。俺が高2の時はカラオケとゲームしかやってなかったわ。大違いだな」

「やったことありますか？」

「将棋か？　いやまったく。なんだか難しそうだし、面白いのかね。それに正座してやるんだろ？　足が痺れそうだよな。つーかガマン大会みたいじゃね？」

「……」

詩織は表情を変えず黙っている。心地悪い空気を感じて、翔太は軽く咳払いした。

「じゃあ、まあその……頑張って」

「そちらも」

素っ気ない挨拶を最後に、詩織は踵《きびす》を返して校門を後にする。翔太は詩織に〝ありがとう〟を言いそびれたことを後悔した。いまから呼び止めるのもなんだか気恥ずかしく、その後ろ姿を少しだけ見送ることにした。何だか詩織に大きな宿題をもらったような、不思議な気持ちで駅へ向かう。

もう会うこともないだろう。そう思ってふと鞄からメモ用紙を取り出し、パラパラと眺めてみた。このメモが、おそらく詩織の頭の中をそのまま表しているのだろう。そういえば、教室で声をかけてきた時から校門で別れるまで、詩織はずっと〝手ぶら〟だった。スマートフォン以外、紙もペンも電卓も持っていない。もちろん教科書も。それでも詩織は、この短い時間で間違いなく数学をしていた。翔太の手元にあるメモがそれを証明している。

立ち止まった翔太を、青陽高校の男子生徒が自転車で追い越していく。真っ黒に日焼けした短髪。黒いスポーツバッグ。野球部の部員かもしれない。その後ろ姿を眺めていると、さらに別の女子生徒が歩いて翔太の脇を抜けていく。女子生徒は少しだけ振り返り、軽く会釈をする。おそらく今日の講演会にいたのだろう。少しだけ口角を上げ、表情で応える。翔太はあらためてメモを見つめる。

「数学って、いったい何なんだ……？」

翔太が認識していたものとはまったく違う姿。何か見たことのない風景を初めて見せられた感覚。うまく表現できない。

翔太は振り返る。詩織の姿はもう見えない。しかし朧《おぼろ》げながら、「数学の正体」の輪郭が見えた気がしていた。

おそらくは、あの授業は頭の使い方を学ぶ時間だったのだろう。頭だけ使えば、教科書や電卓がなくても成立する授業だったのだ。公式を覚えたり、機械的に問題を処理することが本質ではないという感覚が確実に残っている。

ただ一方で、最終的な答えはもっと深い所にあるような気もしていた。

数学とは、いったい何だったのか。翔太はメモ用紙を鞄の中に戻す。これ以上考えても答えは出てこない。もう十分だ。そう自分を納得させて、駅に向けて歩みを早める。

翔太のスマートフォンが震える。マツケンからの着信だ。画面を見てニヤリと笑い、黒い端末を耳にあてる。

「おーう、お疲れ！」

「翔太、講演会どうだったよ？」

「ああ、無事に終わったよ。自分で言うのも何だけど大盛況。いやー楽しかった、いい経験になったよ。サンキュー」

「そっか。俺の親父も喜ぶぜ」

「ところでよ」

「おう」

「おまえ、いまの会社の給料に不満があるって前に言ってたよな？」

「ああ……まあな。それがどうした？」

「いや、べつに……」

「……？」

「あのさ、これから飲みに行かねーか？」

仕事で心が満たされるために必要なこと。翔太はさっきの詩織との対話を、そのままマツケンともしてみたくなった。

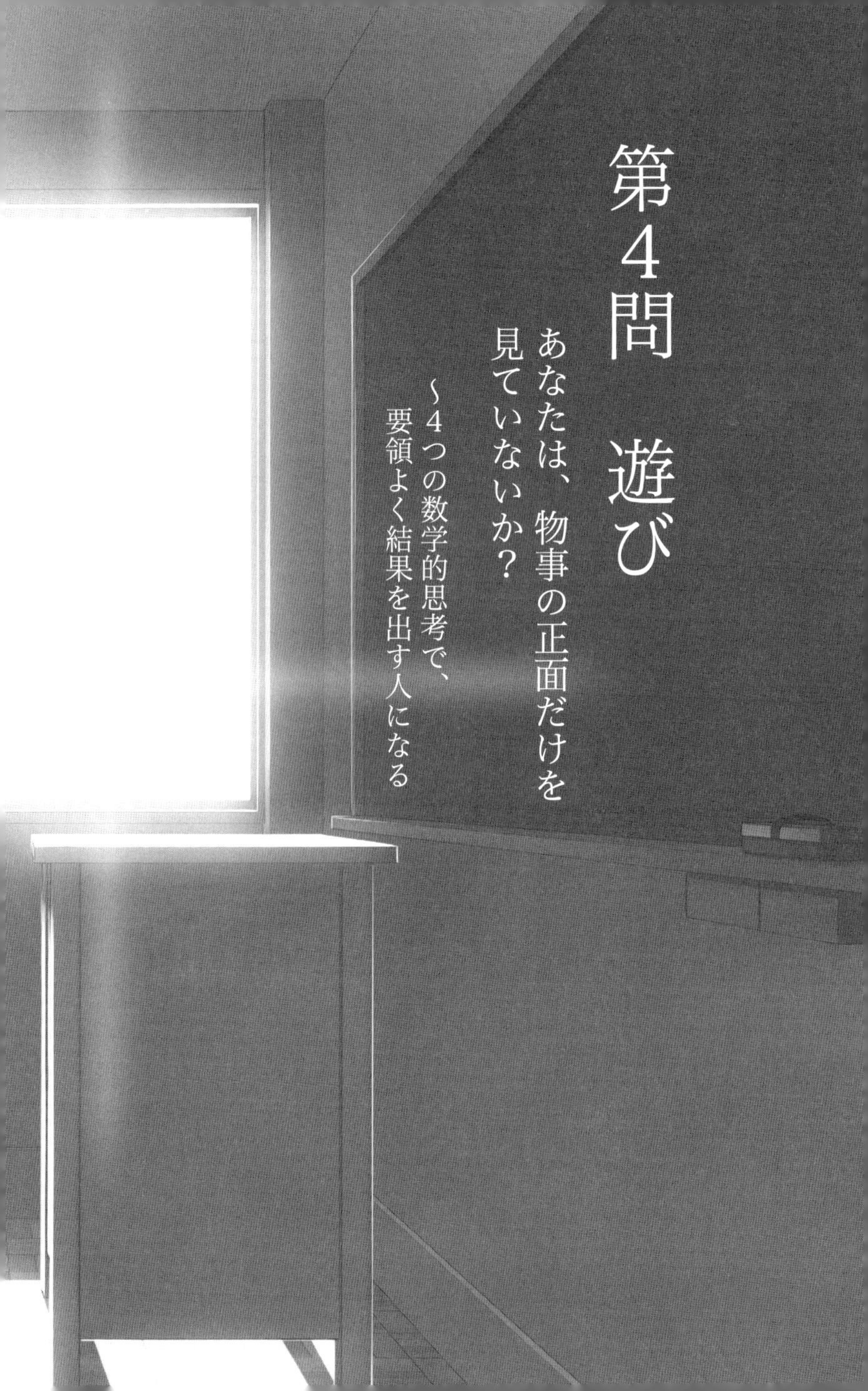

第4問 遊び

あなたは、物事の正面だけを見ていないか？

～4つの数学的思考で、要領よく結果を出す人になる常にティータイムさ。

ルイス・キャロル

1

須田雄基《すだゆうき》が指定した場所は、意外と落ち着くカフェだった。かれこれもう1時間。詩織は学年が一つ下の雄基とコーヒーを相棒に、将棋について語り合っていた。

詩織は制服が苦手だった。まったく同じものを毎日着るということには〝遊び心〟がないし、何より自分にはこの制服が似合わない。そう思っていた。休日はたいていアメリカ発のブランドのデニムパンツとパーカーが定番だ。そんな詩織が、今日は珍しくスカートをはいている。

雄基との出会いは2ヶ月前。図書室で将棋の本に没頭していた詩織に、突然話しかけてきたのが雄基だった。

「あ、あの……将棋、好きなんですか？」

「……？」

「ボク、興味があって。よかったら、やり方教えてもらえませんか」

そんな会話をきっかけに、詩織は将棋を〝媒介〟として雄基とメッセージをやりとりするようになった。そのやりとりの中で、雄基が青陽高校の1年生、つまり後輩であること、自分を「ボク」と呼ぶこと、帰宅部であること、数学と理科が好きなこと、そして人付き合いが苦手であることなどを知った。今日はそんなプロセスを経て実現した、初めての〝お茶しましょう〟だった。

たしかに雄基はお世辞にもコミュニケーションが上手いとは言えなかった。実際、この1時間のうち7割は沈黙。残りの3割はすべて将棋の話題が占めていた。それでも、詩織は決して退屈ではなかった。自分と似た匂いを感じていたからだ。雄基がスマートフォンの画面で時間を確認する。

「あ、もうこんな時間だ。すみません、これから予備校に行くんです」

「そう。頑張って」

「あ、はい。コーヒー代、ここに置いておきます」

日曜日の午後3時。詩織は雄基がこれから予備校に向かうことに、妙に納得していた。部活をせず、真面目で意識の高い日本の高校1年生。きっとこのまま典型的な受験生になるのだろうと思いながら。

「ありがとう」

「あ、いえ、こちらこそ。将棋、面白いですよね！　またいろいろ教えてください」

「ええ」

鮮やかなブルーのリュックを背負って店を出て行く雄基。その背中を見つめながら、詩織はいつか講演会のスピーカーとして来た翔太とのやりとりを思い出していた。


「ところで、聞いていいか」

「何か？」

「キミはいま、この学校に友達いる？」

「……まあ」

「ふーん、どれくらい？」

「一人」


毎日のように他愛もない内容のメッセージを交わしていた雄基が、いまの詩織にとって青陽高校の生徒で唯一、心を許せる相手だった。もちろん、まともに会って話をしたのは今日が初めてだが。

（そういえば……）

そういえば、翔太はどうしているのだろう。あの講演会からもう1ヶ月くらい経っただろうか。そんなことを考えながらぼんやりと店の入り口を眺めていた詩織に、ある姿が目に飛び込んできた。

黒いカジュアルジャケットに白いTシャツ、細身のジーンズに黒のスニーカー。店員に向かって人差し指で「一人」とサインを送る。こちらに向かって歩いて来る。まだ気づいていない。視線が合った。その足がピタリと止まる。その瞬間、詩織はその男の第一声を予想した。

2

「あれ？」

翔太の第一声は、詩織の予想通りだった。詩織は座ったまま黙って一礼する。と同時に、こう思っていた。制服姿の自分しか見たことがないはずなのに、一瞬で私のことを認識できるとは。しかも今日はメガネじゃなく、コンタクトレンズだ。ホテルマンの仕事柄だろうか。この男もまた、ある分野ではプロフェッショナルなのかもしれない。

「よ〜う！　まさか、こんなところで会うとはね」

「……ですね」

「何してんの？」

「別に……」

目を合わせず素っ気ない詩織の返事の中に、翔太は少し違和感を感じた。しかしその違和感の正体は分からず、相変わらずだな、といった苦笑いを浮かべる。と同時に、テーブルの上に水の入ったグラスとコーヒーカップが２つずつあることに気づいた。そして不自然に置かれた５００円玉。違和感の正体を探る。

「あ、誰かと一緒？」

「いえ、いまは一人です」

「あっそ」

詩織は再び、翔太の次のセリフを予想した。その予想は外れてほしい気もするし、そうでない気もした。

「じゃ、せっかくだから少しだけ一緒してもいい？　友達と待ち合わせしてんだけど、5時まで時間つぶさなくちゃいけなくて」

予想的中。何がせっかくなのかよくわからない。が、断る理由もない。詩織は黙ったまま頷き、テーブルの上の500円玉を自分の手元に引き寄せる。座った翔太はコーヒーを2つ注文した。

「おごるよ、一杯」

「いいえ、自分で払います」

「いいから。これは〝投資〟」

以前の詩織との対話を通じて、翔太はお金とは信用であると知った。生意気な女子高生が、自分にない考え方や視点をくれた。その相手とまた少しの時間だが対話できる。また詩織から何か得るものがあるかもしれない。翔太がコーヒー代を出したのは、きっと何倍ものリターンがある、という信用によるものだった。翔太はそのことをそのまま詩織に伝えた。

「なるほど。ではここはご馳走になります」

「ところで、今日は休みだろ？　いまの女子高生ってどんな遊びすんの？」

「……」

「ハハ、言わなくてもわかるよ。いや、仕事もそうなんだぜ。クソ真面目にやっているだけじゃダメなんだ。遊び。いかに遊ぶかって、意外と大事なんだよ」

翔太のその言葉に、詩織はある記憶が蘇った。講演会の時に翔太が高校生たちに伝えたメッセージの内容だ。

・真面目な人ほどバカをみる。要領よくやる人がうまくいく（僕のように）

あの時、詩織は強い苛立ちを感じていた。翔太の言葉があまりに抽象的すぎたからだ。言っていることはたしかに正しいのかもしれない。でも、要領よくやるとは具体的にどうすることなのか。大人ならそこまできちんと伝えてほしい。そう思ったのだ。

「『要領よくやる』とは？」

「あ？」

「要領よくやるとは、具体的にどうすることを指すのですか？」

「ん？　何のこと？」

「仮にあなたが仕事を要領よくやっているとします。では、要領よく仕事をする大人とそうでない大人の違いは何なのでしょうか。あなたはなぜ、あの時そこまできちんと説明しなかったのですか？　そこまで言語化して初めて大人が私たちに伝えるべきメッセージになるのでは……」

「あーもう、ストップ！」

コーヒーが運ばれてきた。少しだけ間ができる。詩織の〝口撃〟を何としても回避したかった翔太にとって、ちょうどいいタイミングだった。ただ、詩織の言うことも一理ある。要領が「良い」と要領が「悪い」。たしかに講演会でそんな話をした。日頃から自分でもよく使っている概念だが、いったい何がどう違うことをさすのか。そもそも要領とは何なのか。自分なりの答えを見つけにくいテーマだ。待ち合わせまでの時間つぶしには、ちょうどいいかもしれない。

「正直、俺にはよくわからない」

「……」

「生まれ持ったセンス、みたいなものとは違う気がするんだけどな」

「こういう時は、別の言葉に変換してみることを推奨します」

「別の言葉？」

「数学的に表すと、たとえば〝要領がいい人＝○○ができる人〟といった具合です」

「それが数学的なのか？」

「〝時速36㎞＝秒速10ｍ〟という変換と本質は同じです。変換して捉え方を変える。事実は変えず、捉え方を変える。この例は数学というよりは算数ですが」

「ふーん」

改めて翔太は考えてみる。〝要領がいい人＝○○ができる人〟はどんな変換が考えられるだろう。ふと、ある言葉が浮かんできた。一ヶ月ぶりに二人はまた、数学を始めようとしていた。

3

「工夫ができる人、かな」

詩織は翔太の答えに納得した。要領がいい人とは工夫ができる人。大人の仕事、子どもの勉強、そして人の生き方、すべてにおいて通用しそうな解釈だ。

「私もほぼ同じ認識です」

「おっと。大先生と同じなんて光栄ですな」

「その呼び方、やめてください」

「ったく、冗談が通じないヤツだな。ちょっとふざけてるだけなのによ」

おどける翔太を無視するかのように、詩織はコーヒーにミルクを注いだ。店内には、少しずつ客が増えてきていた。女性同士よりも若干、男女二人組のテーブルの方が多い。

「では工夫する、とは具体的に何をすることでしょうか」

「そうくると思ったよ」

翔太は苦笑いしつつ、その質問を歓迎した。そこを具体化しないことには、いつまでたっても〝要領よくやろう〟は伝わるメッセージにならない。

「何つーか、うまく表現できないけど、俺のイメージでは正攻法じゃなくてアイデアで解決するってことなんだよな」

「つまり、アイデアの出し方が言語化できれば、それがそのまま工夫の仕方を説明していることになると」

「理屈っぽいけど、まあそうなるな」

その瞬間、翔太の中に一つの仮説が生まれた。学生時代、アイデアの出し方を学んだ授業が一つだけあった気がする。それは国語でも社会でもなく、もちろん給食の時間でもない。数学の授業だったのではないか、と。その仮説をそのまま詩織にぶつけてみる。

「ええ、私もそう思います」

「ということは、キミの得意な〝数学的に考える〟ってやつがアイデアを生み出す考え方を説明することになるよな」

「そういう解釈もできるかと」

「なら話は早い。キミはいったい普段、どうやってアイデアを考えてる？」

詩織はコーヒーをひと口啜り、それにつられて翔太もブラックのまま喉に流し込む。

「私なりの整理ですが、4つあると思います」

「4つ？」

詩織は鞄からメモ帳とボールペンを取り出し、その4つを箇条書きにしてみせた。

「……何だこれ？」

「たしかに数学はアイデアの出し方を教えてくれる側面もあります。私は、具体的にこの4つの行為が大切だと教えられました」

「さっぱりわからん。説明してくれ」

「では便宜上、①から順番に進めていきます。まずは初等幾何学がわかりやすい例かと」

「ショトーキカガク？」

幾何学とは図形や空間の性質について研究する数学の分野のことであり、詩織が言う初等幾何学とは、その中でも特に点、直線、円などの平面図形をおもな対象とし、座標などを用いず、図形を直接的に取り扱う方法により研究する分野を指す。三角形や円といったものを使った問題を解く行為がその典型だ。詩織は説明を続ける。

「たとえば、三角形の内角の和は何度でしょうか？」

「いきなり問題かよ。えっと、内角って内側の角度のことだよな。180度……でい

①くっつける

②分ける

③逆にする

④ずらす

いんだよな？」

自信があるはずなのになぜか恐る恐る尋ねる翔太に対して、詩織は表情を変えずに頷く。

「ではなぜ、１８０度なのでしょうか」

「なぜ？　なぜって……そう教えられたとしか。そういうモンなんじゃないの？」

「却下。それでは数学を学んでいることになりません」

詩織はメモ帳に三角形とその３つの角度にA、B、C、と書き込んだ。たしかに、この「３つの角度をぜんぶ足せば１８０度になる」という事実は、数学が大嫌いだった翔太にとってさえも〝常識〟だ。しかし、なぜそうなるのかと言われると……。

「なぜって……。うーん、だから数学って嫌いなんだよな」

「こういう時こそ、私たち人間には工夫という武器があります。まずは①の〝くっつける〟という考え方です」

「くっつける……」

「学生時代こういう問題を考えるにあたり、〝補助線を引く〟という行為を教わりませんでしたか」

「あった！　たしかにあれはアイデアというか、問題を解くための工夫だった」

「〝補助線を引く〟とは言い換えれば、線を加えるということです。つまり、新たな線をくっつける」

「なるほど。ということは、この三角形の問題も何か線をくっつけることで解けるってことか？」

詩織はその問いには答えず、表情だけで「考えてみてください」というメッセージを翔太に送る。どこかに一本新しい線を引くことで、一気に問題に光が差し込む。それが、数学の楽しさの一つだ。

「ヒントは、平行線にあります」

そのヒントに翔太はピンときた。「ちょっと待てよ」という独り言とともに、メモ帳の空きスペースに自ら別の図形を描き始めた。翔太はいま、まさに数学をしている。

「たしか……○と●は同じ角度だよな。同じように□と■も同じ角度。で、●と■も同じ、じゃなかったっけ？」

「その通りです。ということはつまり？」

〈平行線と角度の関係〉

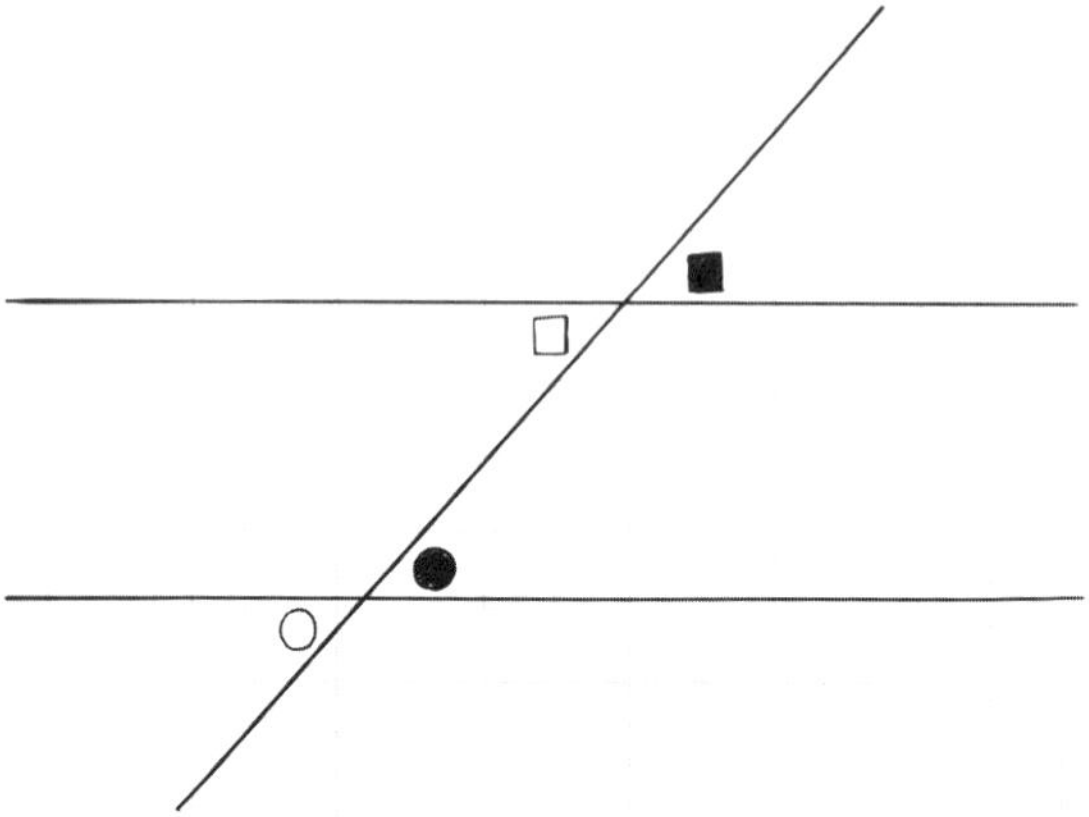

□＝■　かつ　■＝●　ゆえに　□＝●

〈「A+B+C＝180度」の理由〉

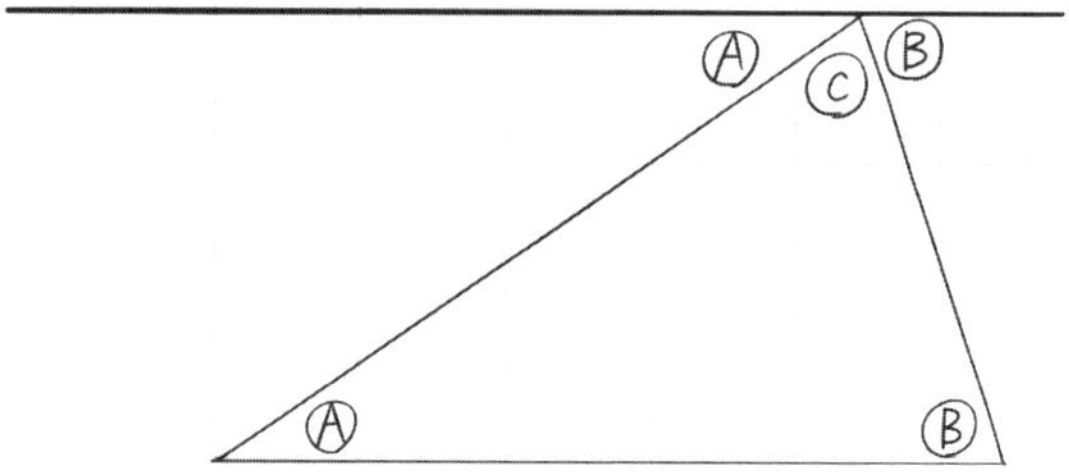

A+B+C=180度
はなぜ？

「……□と●は同じ角度ってことか？」

「その通りです。ということはつまり？」

翔太は再び三角形の問題に向き合う。ここで求められている工夫とは何か。答えはすぐそこにある予感がしていた。補助線を引くことでいまの考え方を使うとしたら、どこに線を引くと都合がいいのか。次の瞬間、翔太は解への一つの筋道を見つけた。

詩織が用意した三角形の頂点を通る1本の横線を引いてみる。

「そうか。なるほど。そういうことか」

「そういうことです。A＋B＋C＝180度、という事実はこうやって説明できます」

「へえ、知らなかった」

「これが〝くっつける〟という考え方であり、数学が教えてくれる工夫の仕方の一つです」

4

「続いて②〝分ける〟です。さっそくですが、円の面積はどうやって求めますか？」

詩織はすぐに次の話題に切り替えた。

「円の面積？　たしか面積の公式が……」

一般的には「円の面積＝半径×半径×円周率」なる公式があり、この通りに計算すれば正解は出せる。しかし、詩織が求めている答えはもちろんそれではなかった。

「公式ではなく、アイデアを出してください。それがあなたの言う〝工夫〟です」

「そう言われてもなぁ。〝まんまる〟なものをいったいどうやって……」

翔太はメモ帳に円を描いてみた。そこに描かれているのは、もちろんいわゆる〝まんまる〟でしかない。5秒でギブアップしかけたが、いまここでのテーマが〝分ける〟であることを思い出した。分ける？　この円を分けてみたら何が起こるんだ？

翔太は、なんとなく手探りでこの円を4等分してみた。

「そうです。その発想でもっと細かく分けてみてください」

円を細かく分けると……

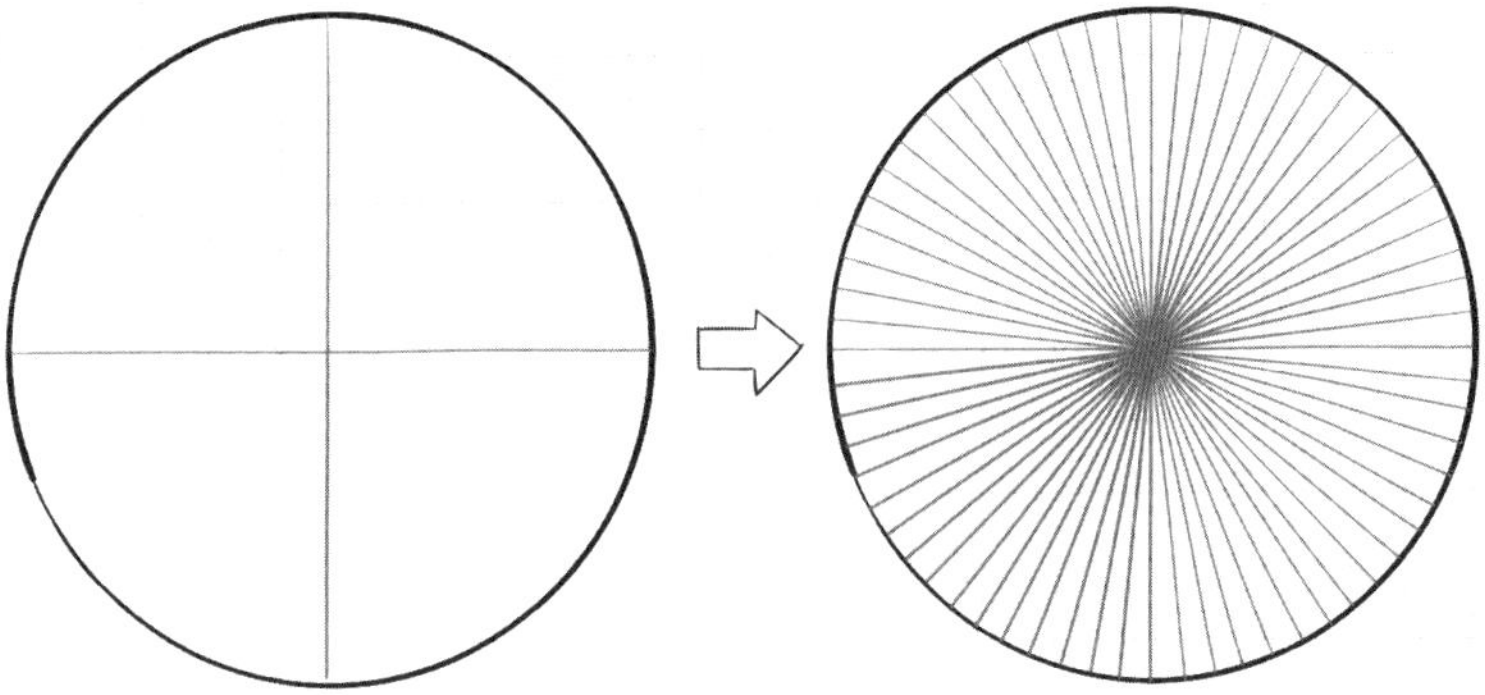

「もっと細かく？　こういうこと？」

あっという間に円が車輪のようにいくつもの〝細長い図形〟に分けられた。まだ翔太には、これが何を意味するのかわかっていない。

「いくつもあるこの細長い図形、しいて言うなら何角形に近いと言えますか？」

「は？　何角形？　細長い……三角形、かな」

「ええ。そこでこれらの図形をすべて同じ三角形だと考えます。先ほどの工夫①を使うと、この円の面積は別の形をしたある図形の面積とほぼ同じといえないでしょうか」

まだ翔太には、詩織の見えている風景が見えない。工夫①が〝くっつける〟だったことをどうにか使ってみようと頭を働かせる。くっつける。細かく分けた図形を、くっつける。

次の瞬間、翔太はある図形の形が鮮明に浮かんできた。

「……！」

翔太は食い入るように円を眺めてから円の隣りに、ある図形を描き始めた。それを円を細かく分け、別の視点でくっつけると……

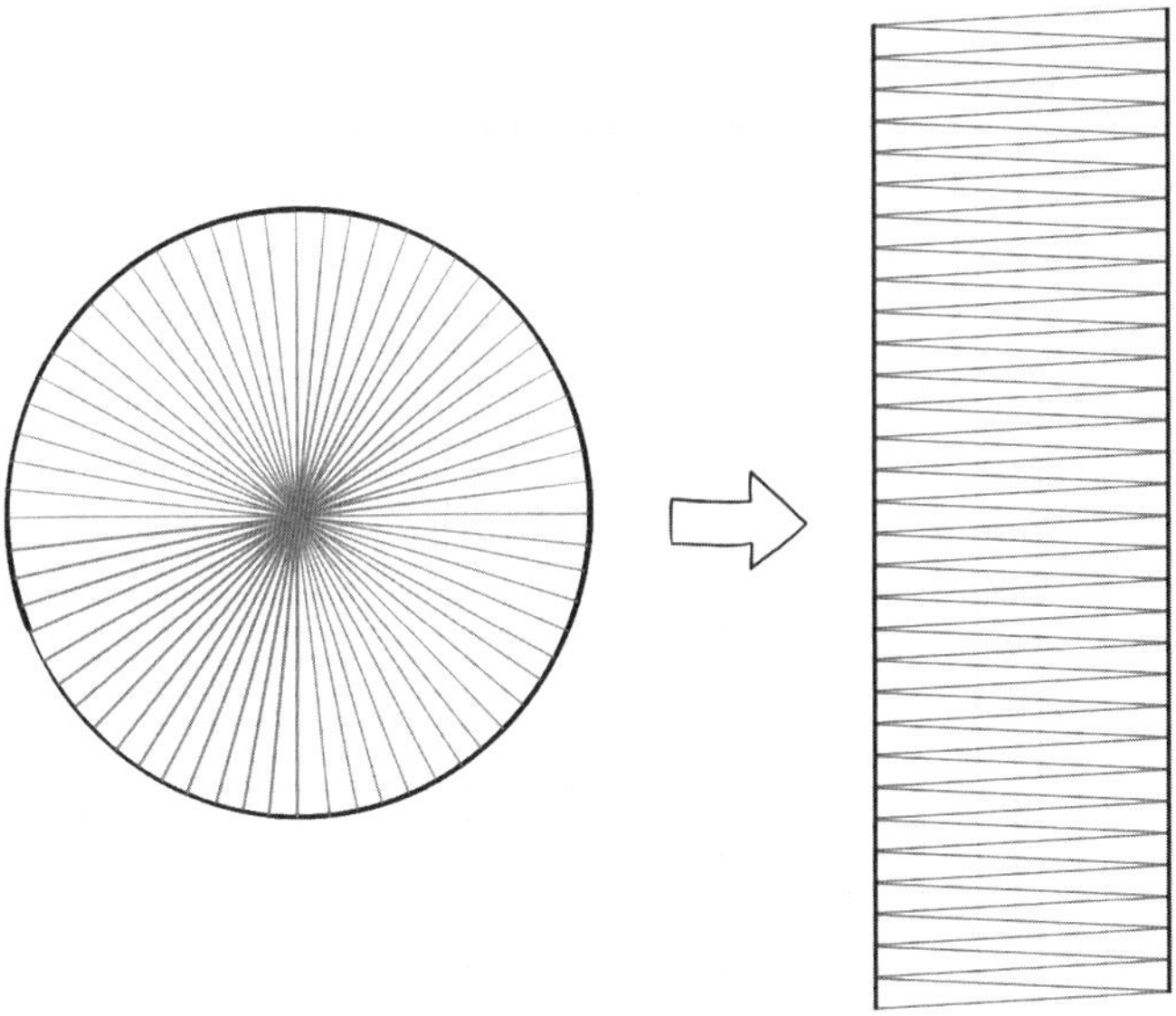

見て、詩織は翔太にも自分と同じ風景が見えていることを確認した。

「こんな図形になるってことじゃないか？」

「そうです。少々乱暴に言えば、細かくすればするほど、別の視点でくっつけた図形は長方形に近づくということです。で、長方形の面積は……」

「縦×横！」

「ええ。ゆえに円の面積というものは、こうやって導かれる長方形の面積と同じだと理解してもよいのです」

翔太は感動に近い感覚を抱いた。意味のわからない公式をただ暗記するより、こうやった方がアイデアで解決した気がする。たしかに、工夫して要領よく解決するとはこういうことなのかもしれない。

かつて、数学の先生はこういうことを教えてくれていたのだろうか。それとも、単に自分が忘れてしまっただけなんだろうか。もし学生の時に知っていたら、数学はもっと楽しかったのだろうか。もっと要領よく物事を進めることもできたのだろうか。

翔太は少しだけ悔しく思った。

5

カフェの中で紙とペンで数学問答する、年の離れた男女。はたから見れば明らかに異質な光景だ。幸い、店内の客はおしゃべりに夢中になっていて、その異質な空気を気にかける者はいない。

隣のテーブルの20代とおぼしきカップルが席を立つ。女性の方が、いまちょうど公開中の映画のタイトルを口にしている。これから仲良く鑑賞するのかもしれない。一瞬だけそのカップルに向けられた詩織の視線が、すぐに翔太の元に戻ってきた。

「ふんふん。じゃ、次にいこうか」

「次は③、逆にすることです」

「逆にする……」

「たとえば数列」

そう言いながら、詩織は敬愛する天才ガウスのことを想った。数列とは、数が列になったものだ。高等学校の数列の単元では、その構造や性質を数学的に捉えることを学ぶ。早々と数学から〝卒業〟した翔太には、何のことかまったくわからない。

「……？」

「ではまず、2から始めて2ずつ足し算してみてください」

「……いくらなんでもバカにしすぎじゃないですかね、大先生」

「いいから」

「ちっ。2、4、6、8、10……」

「はい。それが数列です。数が列になったもの」

「あ、そういうこと。意外と簡単じゃん」

準備が整った。詩織が数列の授業を始める。

「ではいま出てきた、2、4、6、8、10までをぜんぶ足し算すると？」

「ちょい待ち。えっと……30かな。ギリ暗算できる」

「正解。ではこの問題も正攻法ではなく〝工夫〟を考えてみます」

だいぶ詩織の授業の流れがつかめてきた。詩織に言わせれば、ここからが数学なのだろう。翔太は〝逆にする〟というキーワードを思い出していた。逆にする？　逆にしたら何が起こる？　ここまで使った〝くっつける〟や〝分ける〟も必要なのか？

$$2 + 4 + 6 + 8 + 10 = ?$$

$$10 + 8 + 6 + 4 + 2 = ?$$

$$12 + 12 + 12 + 12 + 12 = 60$$

$$60 \div 2 = 30$$

↓

$$? = 30$$

詩織は黙って翔太の様子を見つめる。二人からすっかり存在を忘れ去られた2杯のコーヒーは、拗ねたように湯気を発しなくなっていた。

「わかった！　たとえば、こういうのはどうかな」

「どうぞ」

「逆にする。だから、10、8、6、4、2」

「……」

「さらに①のくっつける。つまり足し算する。12が全部で5つだから60。その半分だから、最後に2で割る！」


表情にこそ出さなかったが、詩織は翔太の答えに驚いた。余計なことを考えず、子どものように素直に〝逆にする〟と〝くっつける〟を実践した翔太に、心の中で拍手を送った。彼はこの短時間で、工夫することの感覚をつかんできている。

「お見事。それがまさに数学です」

詩織の言葉に、「まあな」といわんばかりの得意気な表情を見せる翔太。まるで子どもみたいだ。彼はきっと、学生時代に正しく数学を教えてもらえなかったのだろう。

彼は悪くない。むしろ被害者だ。そんなことを思いながら、詩織はすっかり冷めてしまったコーヒーを口に運ぶ。

「いま行ったことは、図解するとこんなイメージです」

詩織が階段のような図を描いている。それを見ながら、翔太は自分が頭の中で何をしていたのか、改めて確認していた。

「たしかにそうだ。単に2から10までを順番に足し算していくよりも、ずっと工夫してる気がする」

「ええ。この工夫によって、2＋4＋6＋8＋10の計算は、最初の2と最後の10を足し算し、さらに5倍し、最後に2で割ればよいという構造が見えてきます」

「なるほどねぇ。〝逆にする〟か」

「ちなみにかつて天才ガウスは小学生の頃、1、2、3、……、99、100という数列に登場する数をぜんぶ足したら5050になることを瞬時に答え、教師を驚かせたという逸話が残っています。ちなみに現代では数列は高校数学。おそらく小学生の彼の頭の中もきっと、先ほどまでの対話の内容と近いイメージだったに違いありません。

さらにガウスはその後……」

「はいストップ。がうす？　それ人の名前？」

「数学が苦手なのはいいとしても、せめてガウスの存在くらいは知っておくべきだと思いますけど」

能面というより、ムッとした表情を見せる詩織。翔太はその理由など知る由もない。翔太は小首をかしげながら、すでに、４番目のキーワードが何だったかを思い出す作業を始めていた。

6

「では最後に④。キーワードは〝ずらす〟です」

「〝ずらす〟ことで工夫が生まれる……のか？」

もちろん〝ずらす〟という言葉の意味は知っている。しかしそれがなぜ工夫につな

①

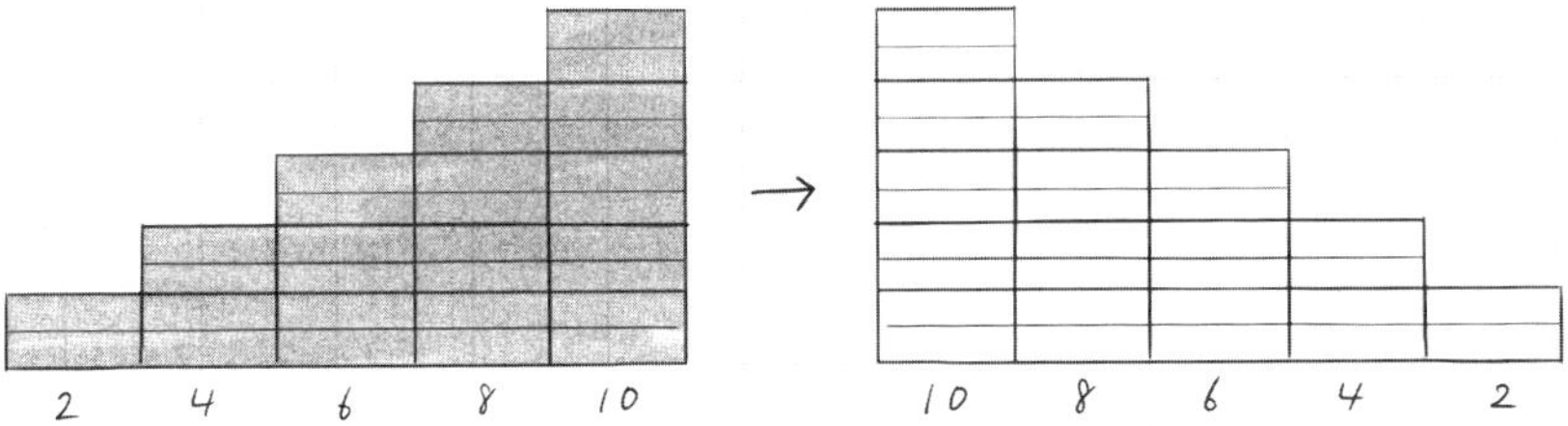

逆にする
（逆にしたものを新たに考える）

②

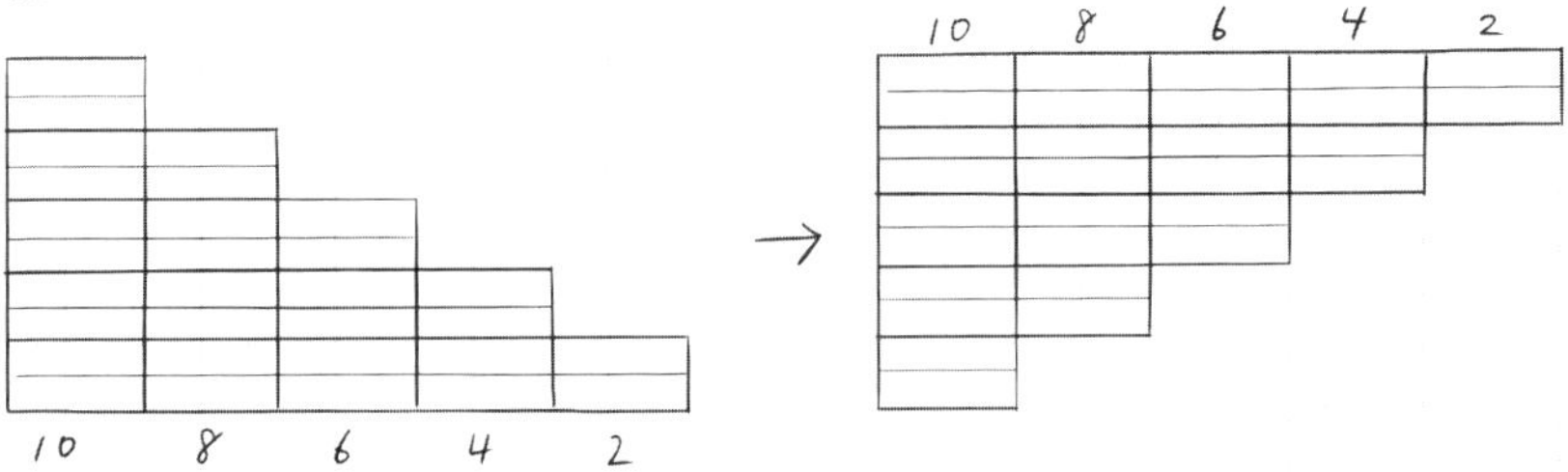

逆にする

③

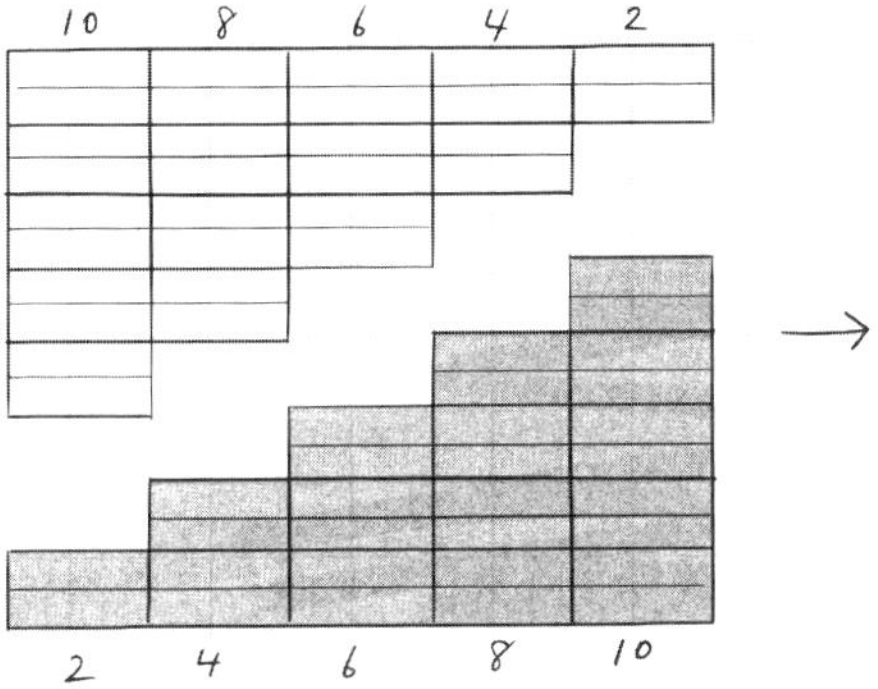

④

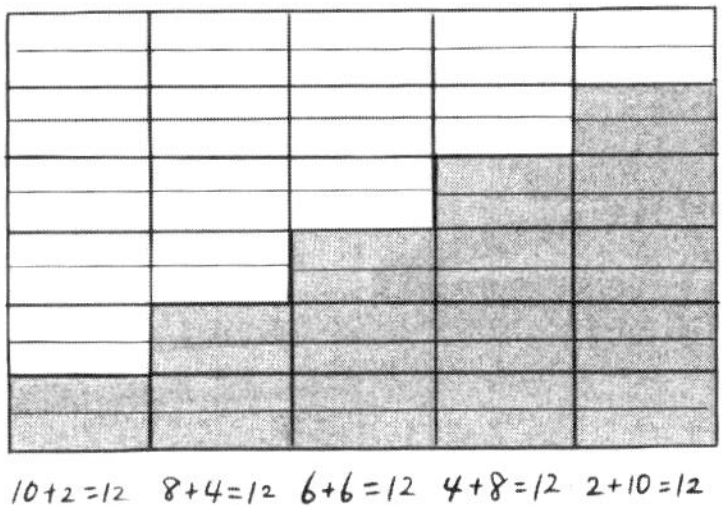

くっつける

がるのか、まだ翔太にはピンときていない。詩織は数列の授業を続ける。

「ではまた数列の話に戻ります。今度は、1から始まって2倍ずつ増えていく数列」

「2倍？　えっと、1、2、4、8、16、……」

「そうです。では8番目までを全部足した、1＋2＋4＋8＋16＋32＋64＋128は いくつでしょうか？」

「ちょ、ちょっと待て。暗算はちとキツいな……」

「ここは正攻法ではなく、いきなり工夫を試みるべきです。繰り返しますが、キーワードは〝ずらす〟です」

解き方を教えてしまっては意味がない。できれば自分で気づいてほしい。詩織はそう思い、じっと待つ。

翔太がすぐに気づいたのは、先ほどの階段式の考え方はこのケースでは使えない、ということだった。さっきは同じ数、つまり2ずつ増えていたから、階段式の論理が成立したのだと改めて気づく。

「う～ん。ずらす、か……」

翔太は数式を思うままにずらしてみる。そして先ほどと同じように上下に並べて書いてみた。ゴールはすぐそこにある。

翔太のメモを見て、少しだけ詩織が助け舟を出す。

「先ほどは並べた2つの式をくっつけた、いわば足し算しました」

「ああ」

「工夫のための3番目のキーワードは何でしたか？」

「逆にする、だよな。待てよ、逆？」

翔太の頭の中にある筋道ができた。先ほどは足し算だった。こういう時こそ、逆を考えてみる。逆ということは引き算。2つの数式を引き算することで「N」がいくつかわかる方法……。

「そうか、そういうことか！　下の式を2倍にすれば……」

翔太は夢中で空いているスペースに数式を書き直す。その姿は、まさに勉強の楽しさを覚えたばかりの子どものそれだった。

「お見事。それが数学です」

「なるほど！　なんかこれ、気持ちイイな」

「確認のため、同じ計算を正攻法で暗算してみてください」

翔太の刺すような視線を無視する詩織。観念した翔太は、メモ帳の空いたスペースでどうにか筆算し、「２５５」という正解を確認した。詩織が言葉を続ける。

「工夫で求めた２５５と、正攻法で求めた２５５、どちらに要領の良さを感じましたか？」

「そりゃもちろん……」

「さらにいえば、あなたの心はどちらにときめきましたか？」

ときめき。論理ガール・詩織からそんな言葉が出てくることが、翔太には心底意外だった。どちらの方がより心ときめくか。その問いの答えは明らかだ。心ときめく学問。詩織が何度となく発した「それが数学です」というフレーズが、耳から離れない。

要領がいいとは、工夫ができること。工夫ができるとは、「くっつける・分ける・逆にする・ずらす」の４つのキーワードで頭を使うこと。それを使うことで、心がときめく瞬間がある。だからアイデアが生まれた時、人は嬉しかったり、達成感を得たりする。翔太は、数学が持つ意外な一面を再び体験することができた。

$$N = 1 + 2 + 4 + 8 + \cdots\cdots + 128$$

ずらす

$$N = \quad\quad 1 + 2 + 4 + 8 + \cdots\cdots + 128$$

↓（ずらしたNの式を2倍する）

$$N = 1 + 2 + 4 + 8 + \cdots\cdots + 128$$

$$2 \times N = \quad\quad 2 + 4 + 8 + 16 + \cdots\cdots + 256$$

↓（2倍したNの式から上の式を引く）

$$2 \times N - N = 256 - 1$$

$$N = 255$$

あの日、翔太が講演会で後輩に伝えた「要領よく」という言葉は、まだ〝言葉になっていない言葉〟だった。翔太は冷めきったコーヒーと一人の女子高生の助けを得て、ようやくそれを言語化することができた気がした。

7

「一つ、聞いてもいいかな」

「何でしょう」

「〝工夫することがどういうことか、数学がそれを教えてくれる〟っていうキミの言い分も、なんとなく腑に落ちた気がする」

「……」

「でも、やっぱ数学の話ばっかで実感が伴わないんだわ。本当に世の中の工夫とか要領いい行動ってやつは、今回の４つのキーワードで説明できるものなのか？」

翔太の疑問は的を射ていた。４つのキーワードというのは整理されていてわかりやすい。しかし、本当にそれだけですべてを語れるほど、世の中はシンプルなのだろうか。詩織はその疑問が妥当であると感じ、自分の考えを伝えることにした。

「正直、わかりません」

「あれ？」

数学は完璧な学問だ。ゆえに、数学で証明されたものは世界中どこでも絶対に正しいと言えるのだと、詩織はアメリカで学んだ。しかし、それはあくまで「論理上」の話だ。頭脳明晰な詩織も、まだ17歳の高校生にすぎない。世の中には知らないことの方が多い。数学では説明できないことがあること、つまり数学が不完全であることをこれから知るのかもしれない。詩織はそんなことを考えながら、対話を前に進めようとする。

「ただし」

「……ただし？」

「あくまで一人の17歳の解釈という前提ですが、説明できることは多いと思います」

「たとえば？」

その会話をさえぎるように、テーブル上の詩織のスマートフォンが1回震えた。そのメッセージが誰からのものか、詩織には想像がついていた。二人はその黒い端末が振動を止めたことを確認し、改めて視線を合わせる。

「たとえば、複数の企業が合併すること」

「合併。それが〝くっつける〟ことだって言いたいんだな」

これからの企業経営は、おそらく正攻法だけではうまくいかない。何かうまい方法はないか。もっと要領よく経営を安定させる方法はないか。経営者なら誰でも考える工夫の一つのはずだと詩織は主張した。

「あるいは、できるだけ社員を増やさずにビジネスを拡大させたい経営者がいるとします。そうすると自然に、自社だけで抱え込まず、任せられるものは他社にアウトソーシングする発想になりませんか。これはまさに〝分ける〟です。分業という言葉の方がしっくりくるでしょうか」

考えてみれば、ホテルの仕事も分業で成り立っている。フロントとレストランでは担当が分かれているし、清掃スタッフがフロントに立つことはない。すべての従業員が全業務を担当するより、その方が生産性も高まるだろう。当たり前に思われることでも、〝分ける〟という考え方は存在し、〝分ける〟ことでうまくいくこともたしかにある。これもまた要領よく物事を進める考え方かもしれない。翔太はそう思った。

「じゃあ〝逆にする〟ことでうまくいく例は？」

「すぐに思いつくのは在宅勤務です」

「在宅勤務？　最近増えてきたやつか。2年前に結婚した女友達に、そういう子がいる」

「ええ。かつてはほぼすべてのビジネスパーソンが〝職場〟と呼ばれる場所にわざわざ集まらなければならないものだったと、父や母に聞きました。言い換えれば、仕事をするためには通勤が必要だった」

「そうか。そこでもっと要領よく仕事をする工夫はないかと考えると……」

「ここでの〝逆にする〟とは、逆に通勤なんて必要ない、逆にオフィスにいなくてもいいじゃないかという考え方です。現代の技術が進歩するスピードを考えると、今後はむしろそちらの方が主流になる気がします」

店内を見渡すと、パソコンで作業をしている30代くらいのラフなシャツ姿の男性がいる。たしかに、最近はこのような光景をよく見るようになった気がする。

「通勤というテーマなら、〝ずらす〟も簡単に説明できます」

「どういうこと？」

「主観も入りますが、日本の通勤ラッシュは異常です。イライラしている人も多いですし、あれだけで心身ともに疲れてしまいます。まさに百害あって一利なし、です」

「まあそうだけどさ、みんなガマンして乗ってるわけよ」

「ええ。しかし逆に、あのピーク時を外せば快適に乗れるわけです。だから通勤の時間をわざと〝ずらす〟人もいます」

「オフピーク通勤か。そういえば、友達が似たようなこと言ってたな。ランチタイムのオフィス街って、どこの店も行列になる。だからそいつはあえて時間をずらして、11時半とか12時半に出かけるらしい」

「それも立派な工夫であり、人間が要領よく生きていく術の一つではないでしょうか。その程度の工夫すら考えず、ランチは12時と決めつけ、わざわざ混雑する時間に消耗しながら行列を作る大人が、不思議で仕方ありません」

ちょっと〝ずらす〟だけでうまくいくこともある。たしかにちょっとした工夫とはこういうことだ。数学の中にある工夫の仕方は、世の中を要領よく生きていくための考え方とも言える。意外と身近に数学はあるのかもしれない。

「よく物事をいろんな角度から見なさいとか、いろんな視点を持ちなさい、みたいなこと言うヤツっているんだよな」

「ええ」

「でも、具体的にどうすればいいのか誰も教えてくれてない気がしてたんだよな」

「……」

「でもなんか、これが一つの答えかもとは思えた。もちろん、いくつもある答えの一つに過ぎないんだろうけどさ」

　詩織は特に何も答えず、無表情のままカフェの外を眺めていた。他の学校の生徒と思しき二人の女子高生が手を叩きながら笑っている。何がそんなにおかしいのだろう。自分には、あんなに大きく口を開けた経験がない。詩織は視線を翔太に戻した。

8

「ところで、先ほどの質問ですが」

「ん？」

「〝いまの女子高生ってどんな遊びすんの？〟という質問です。私は日本の女子高生が何をして遊んでいるかは知りませんし、興味もありません。私にとっては、ここまでお話ししたような数学的な工夫を考えることが何よりも楽しい〝遊び〟なのです」

「言ってる意味がよく……」

「〝工夫とは、知的な遊び心の発露である〟私なりの『工夫』という概念の定義です」

遊び心。翔太はその言葉をこれまでは多分に〝ふざける〟というニュアンスで捉えていた。その考え方でこれまで生きてきた。真面目なだけではつまらない。少しくらい〝ふざける〟方が人間関係も円滑になるし、世の中をうまく渡っていける。その価値観はいまも変わらない。しかし、その遊び心という概念に違う意味づけをする女子高生がいた。翔太はもう少しこの話を深めたくなっていた。

「知的な遊び心……、それって、本当に楽しいのか？」

「ええ」

「ガチの変態だな、キミは」

「これからはＡＩが単純作業を代行する時代です。指示された通りの行動なら、人間がする必要はなくなります。だからこそ、自分で考えて工夫する能力が求められます。あえてくっつけてみる、あえて分けてみる、あえて逆にしてみる、あえてずらしてみる。そういったことが人間の仕事になるように思います」

「あえて、か……」

コンピューターにはとうていおよびもつかない、非常識なことをあえてしてみる。それがこれからの時代に人間に求められることだと詩織は主張していた。AIの時代において、マニュアル通りの作業者は人間である必要はない。たしかにその通りだろう。数学は知的な遊び心の大切さを教えてくれている。そしてそれは、これからの時代にますます必要になる。翔太の思考は納得に向かっていた。

「なるほどね。キミの言う知的な遊び心ってヤツは、子ども世代だけじゃなく、俺たちの世代にこそ必要なものなのかもしれないな……」

「そう思います」

「いったんそれは認める。認めた上で、なんだが」

「はい」

「知的じゃない遊び心もあった方がいいんじゃねーの？」

「と言いますと？」

翔太はずっと詩織に対して思っていたことを言葉にした。余計なお世話ではあったが、思わず口から出てしまった。それはたとえるなら、兄が妹にアドバイスするような感覚。違う価値観の人間同士だからこそ感じること。一回り長く生きているからこそわかること。翔太はそれを伝えてみたくなった。

「ふざけるとか、壊れるとか、乱れるとか、夢中になるとか、そういうことないの？うまく言えないけど、キミには〝スキ〟がなさすぎる」

「……」

「知的な遊び心もいいけどさ、なんつーかこう……人としての遊び心もあった方がいいんじゃない？　正直、息苦しいわ」

詩織は、初めて翔太の言葉にハッとさせられた。心臓の音が少しだけ大きくなった。なぜならそれは、いま詩織がもっとも頭を悩ませている〝ある問題〟に関連する指摘そのものだったからだ。

「……」

「まあ、息苦しいってのは少し大袈裟かもしれねーけどさ」

「質問です。たとえばその〝人としての遊び心〟がない人間は、具体的にどうなるのでしょうか。人間が生きているこの世の中において、その人物にはどんな悲劇があるのでしょうか」

「なんか、キミが言うといちいち難しく哲学的な話題になっちまうな」

翔太は苦笑いすると同時に、詩織のこの問いにどうにか答えたいと思案する。遊び心がない人間にはどんな悲劇があるのか。この難しい問いに対して、翔太はある言葉で答える。

「難しいことはわからん。でもよ、なんていうか、人に愛されないんじゃないかって思うんだよな」

その言葉に、詩織の心臓の音はまた少しだけ大きくなった。

詩織はテーブル上のスマートフォンを手にとり、画面を開く。さっき届いていたメッセージは案の定、予備校に向かった雄基からだった。

「詩織さん、今日はありがとうございました！　またぜひ将棋教えてください^^♪」

本当にそう思っているのか社交辞令なのか、よくわからない。何より、このメッセージにどう返事をしたらいいのか見当もつかない。イマドキの女子高生なら、可愛らしい絵文字やスタンプを使って駆け引きを楽しむのだろうか。


「……一つ教えていただきたいのですが」

「ん？」

「その前に、絶対に私をバカにしないと約束してください」

「なんだよそれ」

「いいから。真剣に答えていただきたいのです。だから約束してください」

「ああ、わかったよ。何？」

「……恋愛って、人間にとってどんなメリットがあるのでしょうか」

第5問　恋愛

あなたは、成長できる恋愛をしてきたか？

～確率論で、論理だけでは生きられないことを証明する

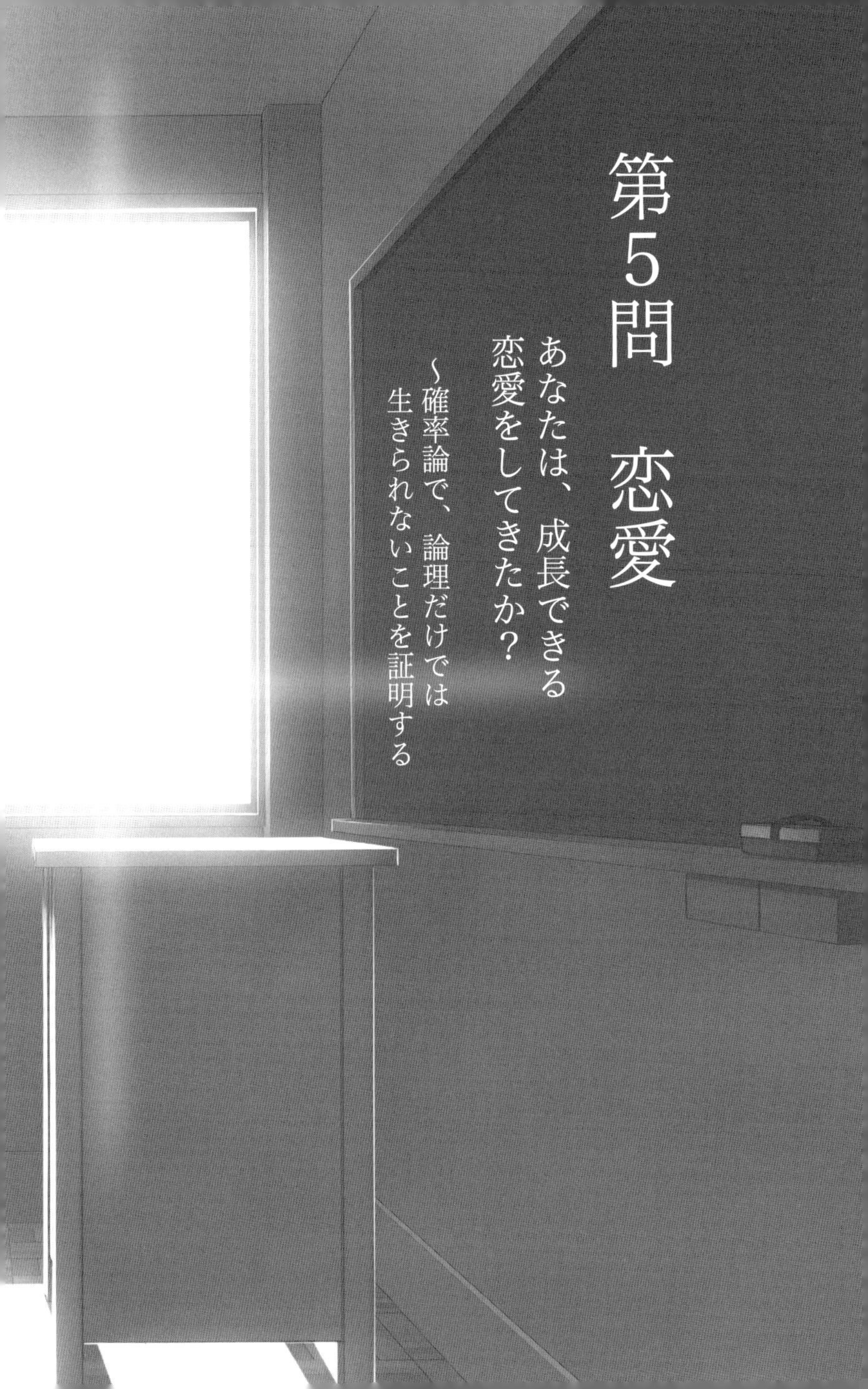

人間が人間である中心にあるものは、
科学性でもなければ論理性でもなく、
理性でもない。情緒である。

岡潔

1

二人のコーヒーはすっかり冷めていた。もう1時間はここにいるはずだ。

店内では相変わらず多くの「休日の恋人たち」が、学校や職場での出来事を楽しそうに語り合っている。翔太はこの半年、恋愛というものから遠ざかっていた。多忙な仕事のせいか、あるいは28という年のせいか。以前よりも少しずつ〝新しい恋〟に慎重になってきているのかもしれない。

恋愛。その言葉が詩織の口から出てきたことに、翔太は驚きを隠せなかった。その前の「絶対に私をバカにしないと約束してください」というフレーズが、頭の中にこだましている。

「おいおい、いきなりどした？」

「……」

ここは、笑ったりおどけてみせたりしてはいけない。つまり〝遊び心〟は封印しなければならない場面だ。翔太はそう直感した。

「まあいいや。えっと、〝恋愛のメリットは何か〟だよな」

「……」

「うーん。恋愛のメリットと言われてもなあ……」

「では〝恋愛をする目的〟ではどうですか」

「つーか、そもそも目的やメリットがあるから恋愛する、って発想じゃない気がするんだわ」

「そうですか」

詩織は落胆した。「その勉強をする意味は?」「その選択をするメリットは?」「そもそも目的は何かを考えなさい」詩織はシアトルにいた頃、そういったことを両親から口酸っぱく言われてきた。煩わしいと思った。しかし、たしかにそう考えることで無駄なことをしなくてすんだり、合理的な判断ができたり、自分のしていることに常に納得することができている。ところが恋愛というものについては、どうしてもその〝納得感〟が得られないでいた。

「キミの求めてる回答じゃないみたいだな」

「私の推測ですが、ビジネスでは目的やメリットを明確にすることが求められますよ

ね。ビジネスパーソンが読む本に目を通すと、だいたいそんなことが書かれていま
す」

「まあな」

翔太はビジネス書などほとんど読んだことがない。が、それはいまは言わないでお
くことにした。

「にもかかわらず、なぜ恋愛では目的やメリットという議論を排除するのですか？」

「なぜって……」

「先日の講演会で、あなたは恋愛についても言及していました」

「ん？　何言ったっけ？」

詩織は露骨に呆れた表情を見せた。そして、間髪入れずに翔太の台詞を再現する。

「仕事だけじゃ人生つまらない。恋愛もどんどんしよう」

「ああ、言った言った！」

「目的やメリットが分からないものをどんどんしろと言われても、私にはできませ
ん」

理屈っぽい詩織の意見に辟易する翔太。しかし一方で、その疑問に即答できない自

分も認識していた。恋愛もどんどんしよう。なぜ俺は、そんなことが言えたんだろう。

10秒ほどの沈黙。次の瞬間、突然テーブルの上に置いてある伝票を手にした翔太は、詩織に向かってある提案をした。

「あと1時間くらい、時間ある？」

「え？」

「ちょっと付き合ってほしい場所があるんだ」

返事を待つことなく翔太は出口へ向かう。詩織は自分の質問に答えていない翔太に苛立ちを感じつつ、黙ってその後を追う。向かうその先に、答えがあることをほんの少しだけ期待して。

2

「ふくざわ書店」はカフェから歩いて10分ほどの場所にある。この近辺では大きな書店の部類に入るだろうか。２つのフロアからなり、１階は主に雑誌や実用書、２階では専門書などを扱っている。翔太は書店の入り口でフロアマップを確認し、詩織に目で合図を送りながら２階への階段を登っていく。「なぜ本屋？」という問いかけは、ここまで来ればもう意味がない。詩織は黙って後を追うことにした。

「ここだな」

立ち止まった二人の目の前には、理工系の専門書が並んでいた。最上部の札には「数学」とある。詩織は「いったい何？」という表情を翔太に向けた。２階は１階に比べて人もまばらで、特に理工系の専門書コーナーは他のコーナーよりも照明が暗いような気がした。もちろんそれは翔太の錯覚に過ぎないのだが。

「ここが数学コーナー」

「ええ。わかってますけど」

「……誰もいないな」

「？」

次の瞬間、翔太は戸惑う詩織を尻目に早足で階段を下り、女性向けの恋愛エッセイや自己啓発書が並ぶ棚へ向かった。その棚では、３人の女性が本を探したり、熱心に立ち読みしている。彼女たちはおそらくグループではなく一人客、年齢は20代前半くらいだろう。

「女子が読みそうな恋愛系の本が置いてある棚はここ」

「……？」

「わかる？」

「何が？」

「数学と恋愛は、〝場所〟が違うってこと」

当たり前だ。書店で数学本と恋愛本が同じ棚に並んでいるはずがない。当たり前なのだけれど、翔太のその言葉の裏には隠れたメッセージがあるような気がした。

翔太はいったい何を伝えたいのだろう。これまでの翔太との対話とは、明らかに何か違う感覚がある。これまで知らなかったことを知るチャンスのような気がして、詩織は改めて棚を眺めてみた。

「モテ」「婚活」「愛される」といった言葉がタイトルに並んでいる。すると、すぐそばで一人の女性が一冊の本に手を伸ばした。ピンク色のカバーに書かれた「愛され女子の……」という文字が目に入り、詩織はさりげなくその女性の顔を見つめる。この女性はいま、恋愛をしているのだろうか。翔太と詩織は小声で対話を続ける。

「いろんな意味で、ここは数学の棚とぜんぜん違うよな」

「ええ、まあ」

「よくわかんないけどさ、もし恋愛が数学なんかで説明できるなら、逆に数学をきちんと理解してる人は恋愛もうまくできるってことにならないか？」

「……」

「もしそうなら、あの子たちも書店の数学コーナーに行けばいいってことにならないか？」

翔太らしい暴論だ。しかし、詩織はこういう論理が嫌いではない。たしかにそういう解釈も不可能ではない。すでに超がつくほどロジカルな頭を持つ詩織が、恋愛というものの正体がつかめずに悩んでいる。これは、恋愛が数学的に説明できるという仮定に矛盾があることを証明している。つまり、恋愛は数学では説明できないものなのだ、と。

さらに二人の女性客がやってきた。友人同士らしく、親しげにしゃべっている。会話の内容からすると、職場の同僚だろうか。ここにいると邪魔になると察した詩織は、誰もいなかった2階の数学コーナーに戻ることを提案した。

3

やはり数学コーナーには誰もいなかった。翔太は改めてその棚を眺めてみる。「微分積分学」「確率論」「統計学」「線形代数学」「ユークリッド幾何学」「ガロア理論」「グラフ理論」……意味の想像すらつかない単語が並んでいる。

人間のする恋愛を、「学」や「論」で説明できるものなのか。少なくとも翔太自身はそんなものがなくてもこれまでたくさんの恋愛を経験し、いろんなことを知った。喜びも悲しみも、心の豊かさも、そして人の醜さも。

「そういえば……」翔太が切り出す。

「職場の後輩に〝恋愛はコスパが悪いのでしません〟なんて言ってるヤツがいたな。俺には意味がサッパリわからないんだけど。キミ、意味わかる？」

「わかりません。結局、私の最初の問いに戻ることになります。恋愛をするメリットは何か。目的は何か。それがわからないと、コスパというものも定義しようがありません」

「それはつまり恋愛で〝何が得られるか〟ってこと？」

「そう変換してもいいと思います」

たしかに、何か得るものがあるからこそ人は恋愛をするのだろう。恋愛したいからするのではない。恋愛から何かを得ることができるから、恋愛に何かを求めているからこそ、恋愛する。こちらの解釈が翔太にはしっくりきた。

二人の立ち話はここから熱を帯びていく。

「キミの真似をするわけじゃないけど……」

「？」

「いまから俺が言うことをバカにしないって約束できる？」

「……わかりました」

ひと呼吸置いてから、翔太はおもむろに口を開いた。

「俺的には、奇跡だと思うわけ」

「奇跡？」

「とてつもなく低い確率で出会い、とてつもなく低い確率で距離が縮まり、とてつもなく低い確率で交際が始まる、みたいな」

「たしかに、極めて低い確率の世界でしょう。そんな低い確率の事象にもかかわらず、なぜ人は恋愛に時間や労力を割くのでしょうか。明らかに合理的ではありません」

「そこなんだよ」

詩織のその価値観は、もちろん翔太の想定していたものだった。でもそうじゃない。そういうことじゃない。翔太はどうやって詩織に説明しようか、言葉を探していた。

相変わらず理工学書のコーナーには人が通らない。スローテンポなBGM。もしここに椅子があったら、座った途端にまどろんでしまうだろう。

「なんつーかさ、『確率が低いからこそ得られるものが大きい』ってこと、ない？」

「？　確率の大小と得られるものの大小に、負の相関関係があるということでしょうか」

「負の相関関係？　そういえば『相関関係』ってどこかで聞いたな」

詩織は、以前に〝好き度〟と〝ありがとうの数〟の話をした時に相関関係を説明したこと、〝好き度〟と〝ありがとうの数〟は一方が大きくなればもう一方も大きくなる関係であり、それを『正の相関関係』と呼ぶことを補足した。

「今回の場合は反比例、といえばわかりますか。一方が小さくなればもう一方は大きくなる関係のことです」

「バカにすんな。それくらい俺だってわかる」

「つまり、確率が極めて低いからこそ恋愛は尊く、実際に築けた関係は貴重だと？」

「そう。たとえば高校の野球部時代はさ、相手が強ければ強いほど勝った時の感動とか喜びも大きかったわけよ。これって勝つ確率が低ければ低いほど、勝利の喜びは大きくなるってことだろ。キミの言う負の……」

「負の相関関係」

詩織は、いまの説明を自分なりに咀嚼していた。気づけば、確率というまさに数学の概念が登場している。この対話は数学的にどう言えるのか。どこに向かうのか。何が着地なのか。ふと、目の前に並ぶ書籍の中にあった「確率」の文字が目に入る。

「私なりに整理してみました。つまり、こういうことでしょうか」

「おお」

「勝てる確率が100％の勝負より、10％の勝負で勝った方が心はときめく。これは宝くじで当選した時に嬉しいという感情を抱くことと同じ構造をしている。なぜ、宝くじが当たると嬉しいのか。それは、お金が手に入ること以上に、奇跡的な確率の出来事が自分に起こったことに対する感動がある」

「ああ、俺が言いたいのもそんな感じ。あるいは……」

翔太は、同世代の友達のうち何人かが起業していること。あるデータでは起業して成功する確率が5％程度であること。だからこそ、成功したビジネスモデルは社会的に評価されるし、起業家は大きな喜びを手に入れることができること。そんな話をしてみた。

「なるほど、面白い。ちょっと整理します」

詩織はそう言い、鞄からメモ帳とペンを取り出す。翔太の「まさか、ここで数学始めんの？」という言葉を、詩織は無視する。

書店の数学コーナーの前で数学をする。むしろ、自然かもしれない。翔太は無理矢理そう解釈することにした。

詩織がメモ帳に書いた内容は、〝論理的〟と〝人間的〟という2つの概念の対比

〈「論理的」な確率の捉え方〉

確率が低い ⇒ だからやらない方がいい

〈「人間的」な確率の捉え方〉

確率が低い ⇒ だからこそやる価値がある

だった。

「論理的……？」

「一般的には、確率が低いことを選択するのは非合理的な行為です。なぜなら、数字と論理で説明できないから。しかし、実際の人間は確率が低いにもかかわらず、あえてそちらを選ぶことがある」

「たしかに。たとえば起業なんて、データだけで考えたら無謀なチャレンジってことだもんな。でも、それでも向かっていく奴らがいる」

「ええ。数学が提供できるのは、あくまで事実だけ。そこから先の〝人間の心〟までは及ばない。おそらくそういうことなのでしょう……」

「なんか納得いってないように見えるけど、気のせい？」

数学では人間を語れない。それは詩織にとっては悲しい知らせだった。

数学は最強の学問。いつの時代だろうと、どこの国だろうと、世の中のすべてを説明できる最強のツール。それが詩織がこれまで数学で学んだことであり、いままで信じてきたことだった。

「数学は、完璧な学問なんです」

「……?」

「数学で正しいと証明できたものは、100%正しい。その隙のなさ、美しさ、完璧さに私は夢中になっているのです。だからこそ、数学が及ばない領域があるということを、私はまだ認めたくないのかもしれません」

翔太はその言葉に〝芯〟あるいは〝軸〟のようなものを連想した。正直、意味はまったくわからない。しかし、そこに桜井詩織という少女がおよそ17年間の人生で培ってきた価値観が凝縮されているような気がして、翔太はしばらくかける言葉を探していた。

4

「話を先に進めます。野球の話、起業の話、宝くじの話。要するに、こういうことでした」

詩織は気を取り直したようにそう言うと、確率の高低とリターンの大小に負の相関関係があることを、3つの事例で整理した。わかりやすい説明に、翔太も「ああ」と納得のサインを出す。

「ここで仮説を一つ」

「何だよ」

「先ほど私が何気なく発した4文字ですが、ここでのリターンの正体は〝ときめき〟ではないでしょうか」

「ときめき……」

自分でもいささか意外だったが、翔太にはそのフレーズがしっくりきた。心が躍る。心が動かされる。ワクワクする。喜ぶ。いろんな表現の仕方はあるだろうが、それらをひと言で表現するなら〝ときめき〟なのかもしれない。

「仮にそうだとして、ここまでの議論を簡単な数学的モデルにしてみます」

「また何か、数式みたいなやつが出てくるのか？」

「いいえ。たとえば簡単なマトリクスを作ってみます。確率の高低と得られるときめきの大小関係を整理します。すなわち2×2の表ができるはずです。加えて、手に入れたときめきの最大値を100と設定します」

	低い確率	大きなリターン
野球	相手が超手強い	勝った時の感動
起業	成功率5%	成功した時の達成感
宝くじ	1等の当選	当選した時の喜び

負の相関関係：確率が低いほど、得られる「ときめき」は大きい

詩織はメモ帳に縦横の線を素早く引き、そこに100、75、50、25、という4つの数字を書き込んだ。

「何だこれ？」

「最大値が100になるのは、確率が小さくかつ得られるリターンが大きいケース、つまり左下です。次にスコアが大きいのは右下、次に左上、最後が右上と仮定すれば、こういうモデルになります。数字はあくまで4つの比較を視覚化するための言語ですが、いかがでしょう。イメージと合致していますか」

合致していた。しかし、翔太は自分の言語になっていない気持ち悪さも感じた。そこで詩織のメモ帳を借り、ほぼ同じだが言語を変えたマトリクスを書き込む。

「つまり、こういうことだろ？」

「……」

「要するに、口説くのが難しい美人と付き合えた時がもっとも〝ときめき〟は大きい。口説きやすそうなブサイクと付き合えても〝ときめき〟は小さい」

「女性を侮辱する表現はやめてください。しかも極めて下品です」

〈ときめきの数値化〉

		確率	
		低	高
得られるもの	小	50	25
	大	100	75

「うるせーなあ。そんな細かいことといいじゃねーか。あくまでたとえだよ」

「訂正してください。それに、表現のバランスも悪い。たとえば……」

そう言って詩織は、「美人」を「好みである」、「ブサイク」を「好みでない」と書き直させた。「無理」と「簡単」はいわば「左右」のような対義表現であり、「好みである」と「好みでない」も同じ。二つの軸で対照的に整理する。詩織には、こちらの方が美しく見えるのかもしれない。男女の違い。そして脳の違い。どこまでも異なる二人は、メモ帳とペンだけで数学的に恋の話、〝恋バナ〟をしていた。

5

館内放送が流れる。1階のレジ横で行われているフェアの案内だった。二人は、放送が終わるのを黙って待つ。しばしの休憩、といったところか。

放送が終わるやいなや、数学的な〝恋バナ〟は詩織から再開された。

「結論として、恋愛で得られるものは〝ときめき〟である」

		確率	
		無理そう	簡単そう
得られるもの	ブサイク	50	25
	美人	100	75

美人　→　好みである

ブサイク　→　好みでない

		確率	
		無理そう	簡単そう
得られるもの	好みでない	50	25
	好みである	100	75

「俺はそういうことだと思う」

「人は確率が低いにもかかわらず、〝ときめき〟にはお金と時間をかける。傷つく結果になる確率が圧倒的に高いにもかかわらず。筋が通っているか、合理的か、そういったことには関係なく」

「いいじゃん。それが人間ってモンだろ？」

「そういうことになります」

「さっきキミが言ってたことだけどさ。ほら、〝数学は完璧な学問なんです〟ってやつ」

完璧こそが美しい。詩織の揺るぎない価値観がそこにある気がしていた。だからこそ、翔太はあえてここで自分なりの価値観をぶつけてみようと思った。あまり立ち入らない方がいい気もする。でもその不安より、詩織とそんな対話をしてみたいという欲求の方が強かった。不思議な感覚。いったい何に夢中になり始めているのだろう。

「そもそも、この世にカンペキなんてあんのかね」

「……？」

「たとえば日本の電車のダイヤなんて、きっと完璧に設計されていると思うわけよ。

でも、それでも遅れるじゃん。世の中って、そういう不完全さの中で回ってるんじゃないか？」

「私は完璧に設計されたダイヤが人間の迷惑行為などで狂うことがとても不快ですし、そのトラブルにはまったく美しさを……」

「感じないんだろ。でも実際はそうじゃん。人間って美しくねーんだよ」

その言葉は、詩織の心にまるで小さくとがった針のように刺さった。痛みを感じた。人間は美しくない。つまり数学的でない。よって人間を数学で説明することはできない。そういうことなのか。

「人間は、完璧ではない。美しくない。だから無意味なことや、数字や論理では説明できない非合理的な選択もしてしまう。そういうことなのでしょうか」

「まあ、そんな感じかな」

「私は〝すべてを説明できる美しさ〟を信じたいんです」

「あっそ。本当に俺とキミは真逆だな。俺は〝すべてを説明できるつまらなさ〟っていう方がしっくりくるよ」

「……！」

「数学で説明できないこともあった方が、キミの人生ももっと楽しくなるんじゃないかなぁ」

「それは……」

詩織は深い気づきを得た気がした。そういう視点もある。そういう捉え方もある。どこかで詩織が欲していたことだった。

世の中や人間の問題すらも、すべて数学で解決できると信じていた詩織。しかし、翔太との対話でその数学が完璧でないことを知った。いや、翔太は詩織がどこかで分かっていたことを明確にしてくれたのだ。詩織はそのことに納得した。

何事にも、完璧などありえない。それでも、数学は完璧を追求しながら発展を続けていく。それは終わりのないゴールを目指して貪欲に成長しようとする人の人生に、どこか似ているのかもしれない。詩織はそんなことをぼんやり考えていた。

「ここまでは納得しました。しかし、私たちには一つ未解決の問題が残っています」

「ん？」

「〝恋愛はコスパが悪い〟を数学的にどう理解するか、です」

「おい……懲りないねぇ」

詩織はコクリと頷く。

数学は万能であると信じていた詩織に、これまでの翔太との対話は少なからぬショックを与えた。それでも詩織はなお、いま目の前にある疑問や問題を、やはり数学で解き明かしたかった。「恋愛で得られるもの」が定義されていなかった時は、議論しようのないテーマだった。しかしいまはそれが〝ときめき〟であると定義できている。

詩織は、この先の人生において、自分が恋愛というものに時間を費やすことに納得できる理由がどうしてもほしかった。そして、そのカギは翔太との対話にあると確信していた。

6

「私の考えですが」と詩織が切り出す。翔太は次の待ち合わせが30分後に迫っていたが、黙って聞くことにした。

「〝ときめき〟は現実世界の恋愛だけでなく、バーチャルの世界でも手に入れることができるはずです。たとえばマンガやゲーム、ライトノベルなど。そういうものに触れたことはありますか？」

「……ないと言えば、嘘になるな」

翔太はためらいがちに、高2の頃に男女の青春ラブコメマンガを乱読していたことを告白した。その中でも特に夢中になったもののタイトルを思い出そうと記憶をたどる。たしか「ときめきメモリー」だったか。実はいまもその類の文庫をたまに読んでいることは内緒にしておいた。

「では現実世界で得られるときめきと、バーチャルの世界で得られるときめきは、定量的にどのくらい違いますか？」

「定量的に、って何だ？」

「数字で表すとどのくらい違うか、ということです。たとえばマンガで得られるときめきを100とします。あくまで数字という言語に変換しただけと考えてください」

「ああ。それで？」

「それに対して、現実世界で得られるときめきはどのくらいですか？　主観で結構です」

「うーん、どのくらいと言われてもなあ……」

詩織には現実世界での恋愛経験がない。一方の翔太は、おそらく一般よりも多くの恋愛を経験してきた。たとえば過去に10人の恋人がいたとすると、サンプル数は10。翔太の主観は信用に値する。詩織はそう考えてこの質問をしていた。

「うーん、じゃあざっと1000!」

「現実世界のときめきの方が、10倍大きいと」

「ああ。たとえば文庫とかで読んで得られる〝恋愛している気分〟はその日いっぱいでなくなるイメージ。でも現実世界で気になる子とデートしたら、そこで得られた気持ちの高ぶりみたいなものは10日くらいは残ると思ったんだ」

俺は何を言っているんだろう。そう心の中で呟く翔太。詩織はそんな翔太の気持ちを察するはずもなく、機械的に「なるほど」とだけ答える。

「参考までにうかがいます。好きなアーティストはいますか」

「話の展開が急すぎなんだよ、キミは」

「いいから。たとえばライブに行くほど好きな著名人やアーティストなど」

「好きなバンドならいる。DVDも持ってるし。ライブも年に1回は行くかな」

「ではそのバンド。同じ曲をDVDとライブで聴くのとでは、興奮度はどのくらい違うものでしょうか。たとえば、DVDで聴く興奮を100としたら？」

「そうだなあ……完全な主観だけど、やっぱり10倍くらいは違うイメージかもな。2、3倍ってわけないし、かといって100倍は言い過ぎな気がする。こんなざっくりでいいのか？」

「結構です。では、いったんこの10倍という数字を採用します」

詩織はメモ帳の新しいページを開き、またペンで何かを書き込み始めた。さらに詩織は、そのアーティストのDVDの値段とライブの入場料のだいたいの値段を聞いてきた。いったい、何が始まるのだろう。翔太がそのページを横から覗き込む。

「DVDが3000円、ライブが5000円とのことでしたね。さらにここで〝コスパ〟を1円あたりで得られる興奮と定義します。一度の割り算だけですから、小学生でも理解できる算数です」

「おお」

〈ライブのコスパ＝得られる興奮♪÷支払った価格〉

[ライブをDVDで見る]

100(興奮♪)÷3,000(円)=0.0333(興奮♪/円)

[ライブを直接観る]

1,000(興奮♪)÷5,000(円)=0.2(興奮♪/円)

「結果、ライブを直接観る方がコスパは高いと評価できます」

「よくこういう発想が出てくるな。まあでも、たしかに〝コスパ〟ってこういう考え方をするもんだわ」

翔太はそう言いながら、次の展開を予測した。詩織はとにかく無駄を嫌う。わざわざ計算したこのライブのコスパには、必ず意味がある。

「そうか、同じことを恋愛においてもしてみるってことか」

「ええ」

詩織は文庫の価格を500円と仮定した。そして先ほどのカフェで〝雄基と一緒の時間〟に費したコーヒー代500円と、往復の交通費500円を合計して1000円という金額をつくった。2つ並んだ極めてシンプルな数式は、たしかに小学生でも理解できるものだろう。詩織が書き込んだ、直接ときめきを感じるための1000円の支出。翔太はその根拠を、ここではあえて聞かないことにした。

「なるほど。てことはつまり、現実世界の方が1円あたりで得られる〝ときめき〟が

〈恋愛のコスパ＝得られるときめき♡÷支払った価格〉

［本でときめきを感じる］

100（♡）÷500（円）＝0.2（♡/円）

［直接ときめきを感じる］

1,000（♡）÷1,000（円）＝1.0（♡/円）

大きい。つまり……」

「コスパは高い、ということになります。あくまでこの定義とこの仮定で考えれば、ですが」

「ふん。おもしれーじゃん、これ」

翔太は素直な感想を口にした。難しいことは何もしていない。主観を数値化し、割り算しただけだ。にもかかわらず、数学などとは無関係と思いこんでいた恋愛のコスパという概念が説明されている。詩織はさらに、〝定量化〟という言葉について補足する。

「定量化という言葉の本質は、こういうことなんだと思います。主観を数値化する。量になっていないものを量で表現する。そういったことです」

「たしかに、何をもってコスパが良い・悪いかなんて誰も話さないし、俺の後輩も何となく雰囲気で〝恋愛はコスパが悪い〟って言ってるような気がする」

「ええ。でも、こう考えることで本当に〝恋愛はコスパが悪い〟のか、一歩進んだ議論ができます」

約6年間ホテルマンとして生きてきた翔太は、詩織の話はビジネスパーソンにこそ必要な考え方だと感じていた。ビジネスの現場では「生産性」や「働き方改革」といった言葉だけが一人歩きしている。何をもって効率が良い・悪いのか、一歩進んだ議論をするためにとても大切なことのように思えた。そしてそのことに、納得した。

7

「で、キミはここまでの話に納得できたの？」

翔太が詩織に尋ねる。〝納得〟できたかどうか。青陽高校の教室での出会いからこれまで、この二人の対話において重要なワードになっている。正しいかどうかではなく、「納得」できたか。その大切さは詩織がいちばん分かっていることだった。

「……」

詩織はこれまでの立ち話を回想していた。まずは確率の話。数字やロジックだけで論じるなら、確率が高い方を選択するのがセオリーだ。しかし人間はあえて確率が低い方を選ぶこともある。むしろ確率が低いからこそ、そちらを選ぶこともある。論理的な確率論ではなく、人間的な確率論ということだろうか。

次に、効率の話だ。人間は恋愛に〝ときめき〟を求めている。そのことに異論はない。そしてその〝ときめき〟を手に入れる手段として、現実世界での恋愛は決して効率が悪いものではないことも数学で説明できた。しかも、たった一度の割り算で。

「確率。負の相関関係。定量化。そして割り算」

「ん？」

「なぜ人は恋愛するのか。そのメリットは何か。ちゃんと数学で説明できています。しかも私の知らない視点もあった」

「てことはつまり……」

「私は、納得しました」

詩織は翔太の目を見て、はっきりそう言った。翔太には、その目に宿った力強さが何かを決意した人間のそれに思えた。その何かを、翔太は少しだけ想像してみる。そして、これまで聞けなかったことを詩織に尋ねてみることにした。

「ところで、いまさらだけど」

「何でしょうか」

「なんで〝恋愛のメリットは何か〟なんてこと、俺に聞いたの？」

詩織の視線は、再び数学本の棚に戻ってしまった。明らかに答えることに躊躇している。その心中を察した翔太は、詩織が話し始めるのを待つことにした。わずか数秒のはずのその時間が、二人には数十分にも感じられた。

「理由は、2つあります」

「おう」

「一つめは、私は知らないけれどあなたが知っている可能性があったから。集合論でいえば、こんな感じで説明できます」

詩織は目の前にある棚から高校数学の参考書を1冊抜き取り、「集合」という単元のページを開いて指を差した。

「集合」とは読んで字の如く「ものの集まり」のことであり、それを扱う数学理論である。そういえば翔太も何かの授業でこのような2つのグループ（集合）を円で表現して説明された記憶があった。その記憶といま手にしている参考書の図版を参考にして、詩織はメモ帳に、2つの円と文字を書き込んで翔太に手渡す。

「なるほど。お互いそれぞれが知っていること。二人とも知っていること」

「ええ。私はあなたとのこれまでの対話を、このような2つの円で構造化して捉えています。これもまた、数学的モデルと言ってよいと思いますが」

「ほほう……」

「私たちが先日、講演会の後に行った対人関係、お金、仕事、あとは先ほどカフェで行った遊び心に関する対話は、どちらかというとこの図でいう①の話だったと思います」

「でも、恋愛の話題はどちらかというと②だった」

「ええ。私は常々、②を持っている人と対話をしたいと思っていました。正直言って①だけでは退屈ですし、時間のムダですから」

詩織らしい言い回し。翔太は苦笑いで返した。

「いま私が通っている高校には、②について対話ができる生徒がほとんどいません」

「だろうな。だからあの日……」

途中で言葉を切る翔太。詩織が「あの日って、何のこと？」と無言で尋ねている。

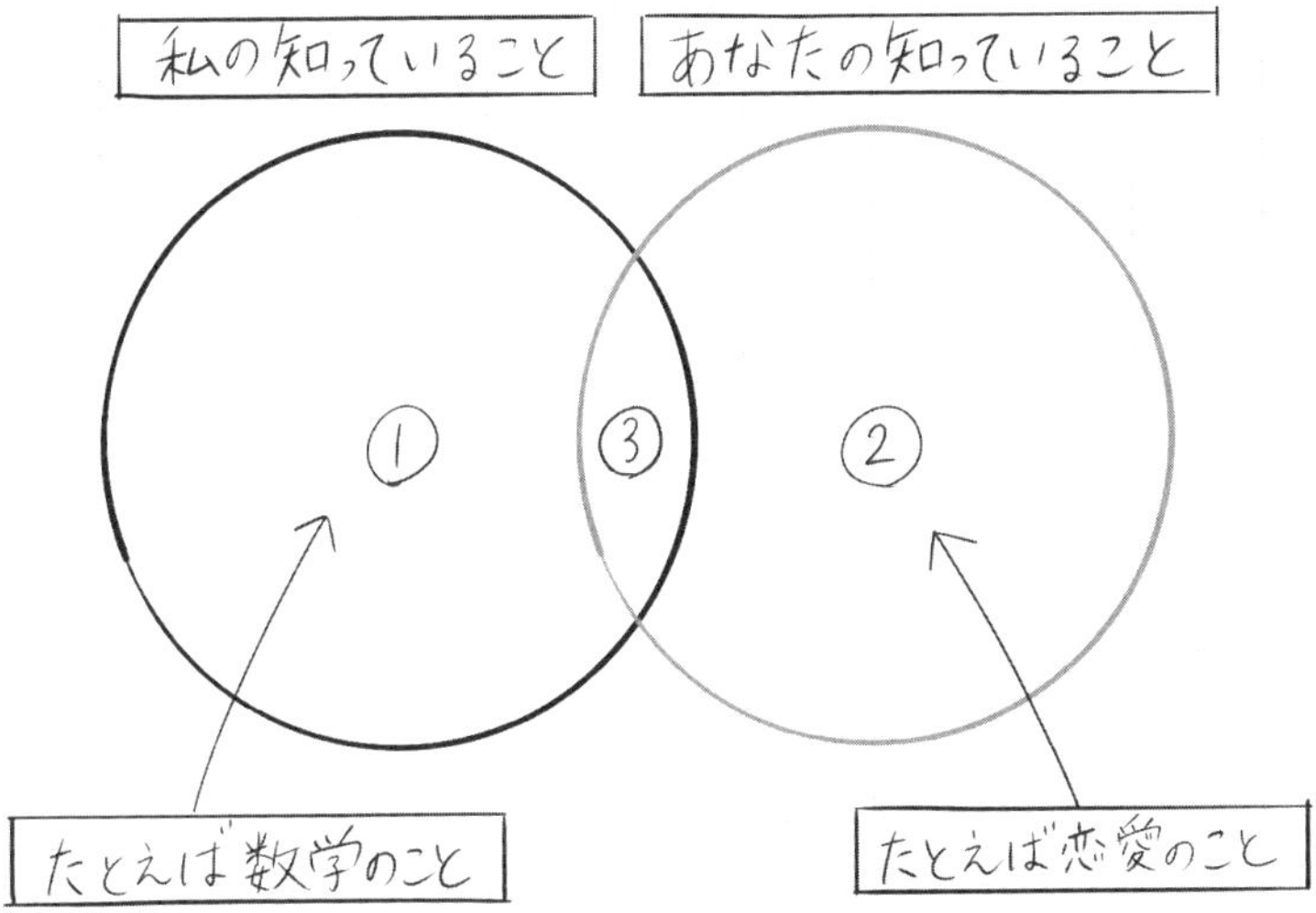
私の知っていること
あなたの知っていること
①
③
②
たとえば数学のこと
たとえば恋愛のこと

「だからあの日、講演会が終わった後、教室にいた俺に声をかけたんだろ？」

詩織はその問いには答えず、手にした参考書を棚に戻した。翔太はメモ帳に描かれた2つの円を眺めながら、あることを感じていた。もしかしたら、いまの詩織に必要なことかもしれない。そう思って口を開く。

「もしかしたら恋愛ってヤツはさ、この図でも説明できるのかもしれないな」

「どういうことでしょうか」

「たとえば、この図が恋愛をしている二人だとする。最初は知らないことばかりの二人が対話を重ねて、お互いに知っていることが増える」

「つまり、①や②を恋愛を通じて重ね合わせていくことで、③が増えていく」

「ああ。③を大きくしていくのが恋愛。そんなイメージ」

恋愛とは、いったい何なのか。もしそんな問いがあったとしたら、この翔太のイメージも一つの説明かもしれない。極めてシンプルな集合論で説明できることに、詩織は数学の美しさを再認識した。

8

翔太の腕時計が16：50を指していた。そろそろ、同級生のマツケンとの待ち合わせ場所に向かわなければならない。詩織とこうして対話しているのも、いま思えばあの講演会に呼ばれたことがきっかけだ。その縁は、同級生のマツケンの「一生のお願い」がつないでくれたものだった。

「俺、そろそろ行くわ」

「私はもう少しここにいます。流し読みしたい文献もあるので」

「そっか」

詩織は、これまで対話の相手になってくれた翔太に感謝していた。真逆の性格。真逆の脳ミソ。だからこそ、対話することで自分の思考のクセや価値観が確認できたり、一方で意外な発見があったりする。それはまるで、タイプの違う二人の棋士が対局するようなものかもしれない。ただ、その感謝を自分から素直に言葉にできるほど、詩織は〝大人〟ではなかった。

「いろいろ楽しかった。サンキュー」

「いえ、こちらこそ」

「あ、最後まで聞いてなかった」

「……？」

「理由は2つあります。の2つめ」

もちろん、翔太にはその答えがわかっていた。わかっていて、あえて聞いていた。

数時間前、カフェに入った時にテーブルの上にあった二つのコーヒーカップと、1枚の500円玉。残念ながらあまり似合っていないミニスカート。すぐにピンときた。

一方の詩織も、翔太がそれを察していることに気づいていた。バツの悪そうな顔をしながら、詩織は答えになっていない答えを返す。

「……言わなくてもわかりますよね？」

曖昧な表現を嫌い、明確であることを絶対と考える詩織がそう答える。そのことがまさに答えだった。翔太は少しだけ意地悪な笑みを浮かべる。

「さあな」

「数学では、言わなくてもわかるほど明らかなことを〝自明である〟といいます」

「ジメイ？　ふーん」

「自明のことをあえて尋ねるのは、あまり数学的ではありません」

「あっそ。じゃあな」

翔太は出口へ向かう。一瞬、詩織の連絡先を聞いておこうかと考えた。また話をしてみたい。学べることもまだまだあるだろう。詩織の恋の行方も、少しだけ気になる。

しかし、すぐに自ら「ＮＯ」の結論を出した。あいつとは、きっとまた会える。いや、会うことになる。根拠はない。直感的にそう思っていた。

論理的じゃない？　その通り。でも別にいいだろ？　論理ガール。

階段を下りる直前、翔太は立ち止まった。詩織はその後ろ姿を見ている。振り返った翔太が、店内に響き渡るほどの大きな声で叫んだ。

「おい、桜井詩織！」

周囲にいた客が、怪訝な顔で翔太と詩織を交互に見る。

「ま、頑張れよ！」

そう言い残し、階段を降りる翔太。一段ずつ、翔太の姿が小さくなっていく。

詩織は恥ずかしさのあまり、棚から適当に取り出した確率論の参考書を読むフリをする。横目で見たその空間に、もうあの男はいなかった。改めて、参考書に目を落とす。そこに書かれている数式や図版は、これまでとは少し違う世界のものに感じられた。

確率論
確率論

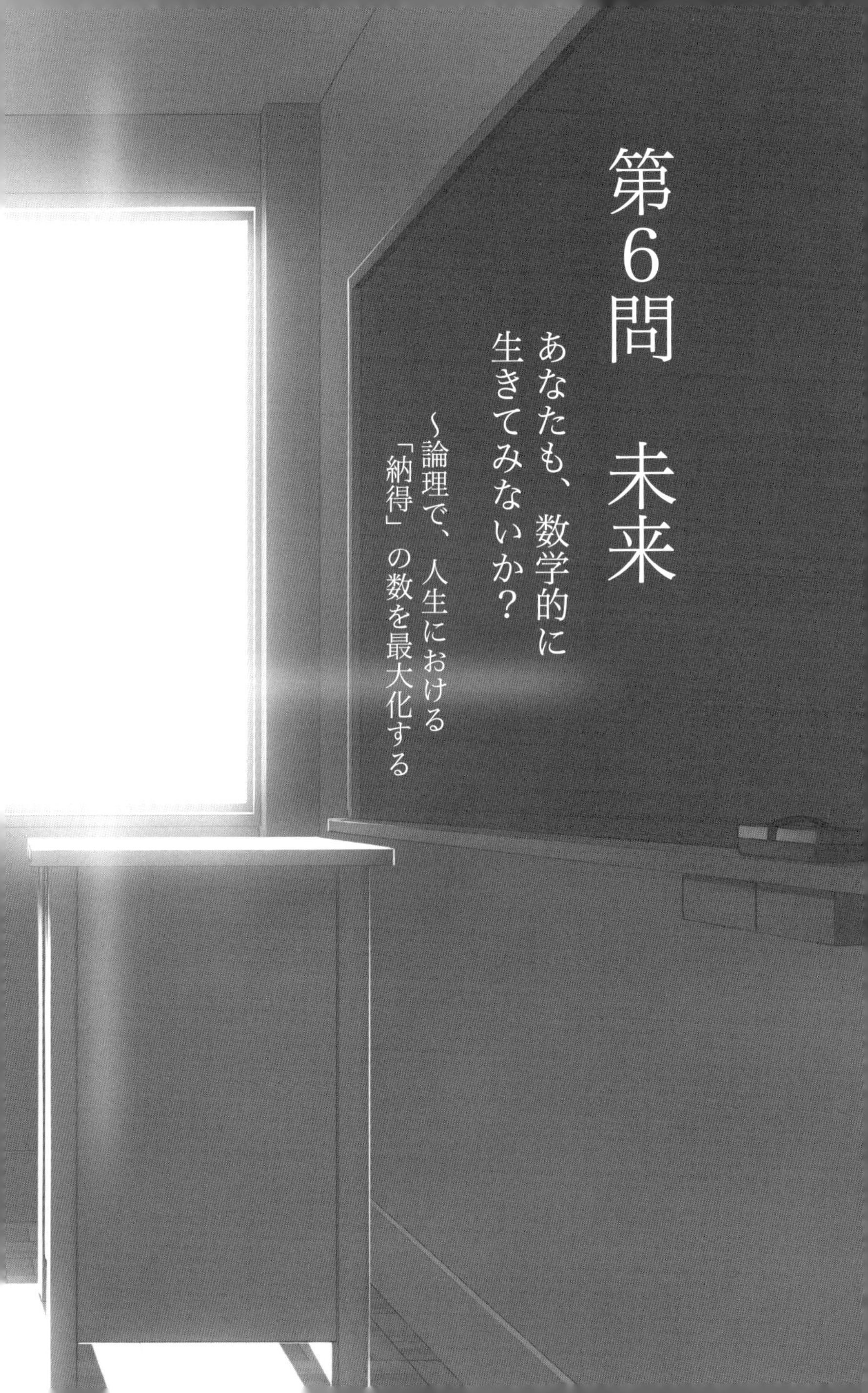

第6問　未来

あなたも、数学的に生きてみないか？

～論理で、人生における「納得」の数を最大化する

多くの言葉で少しを語るのではなく、
少しの言葉で多くを語りなさい。

ピタゴラス

1

「接客のプロ限定のコミュニティ、興味ありますか？」

翔太はSNSにそう投稿した。このたった一行の投稿に、1日で50人近くの友人が反応した。

翔太は、もともと友人は多い方だ。しかしそのすべてが本当に価値ある関係なのか、翔太は疑問に感じていた。「真の仲間とは何か」を検証してみよう。そう思った。ホテルマンである翔太に必要で、自分自身を成長させてくれる人間関係は何か。考えた末に行動したのが、このSNSでの一行投稿だった。

「面白そう！　参加します」

「接客のマニュアル本読んでるだけじゃね……現場でやってる人の声が聞きたい」

「やりがいはあるけど、ストレスもハンパない。みんなどうしてるの？」

「ジャンルは関係ないのかしら？　だとしたら参加してみたいかも」

「どうしても自己流でやってしまうから、違う視点も学べたら嬉しいなぁ」

接客業は正解のない仕事だ。悩みやストレスを抱えている同世代の友人たちの多さは、翔太が想像している以上だった。

そこでまず翔太自身が〝中心〟となり、同じ接客業であることを〝同じ距離〟と考えた。ある1点を中心にし、等距離にあるものを集めると円ができる。つまりサークルだ。

翔太はこのサークルを「ときめく接客勉強会」と名づけた。シンプルだが気に入っている。メンバーが他の友人を誘う時、どんなコミュニティなのかが一言で伝わるからだ。

さっそく第1回目の勉強会を企画すると、40名近くの参加希望者が集まった。完全に予想以上だ。翔太は会議室を押さえ、参加人数を把握し、会費を計算し、当日の内容を考える。始まる前はワクワク半分、面倒くささ半分だったが、終わった頃にはすっかり2回目のことを考えていた。

「次は、こういうテーマでやってみたらどうだろう」

「成功談よりも失敗談の方が参考になるよな」

「これからの時代を考えて、インバウンドの対応を学びたいかも」

「次は懇親会もやりませんか?」

「福山さん、発起人になってくれてありがとう。またぜひお願いします」


翔太の方から働きかけなくても、参加者の口からはポジティブな意見や感想ばかり出てくる。真の仲間とは、こういう集団のことをいうのかもしれない。それを〝円を作ることと同じ〟と説明した詩織のことを、翔太は一瞬だけ思い出した。

そういえば詩織は、〝お金とは信用〟とも話していた。もしこの勉強会を続けていけば、自分にも信用が手に入るのだろうか。だとすれば、それはいつかお金に換えることもできるはずだ。いつかアメリカの一流ホテルに滞在し、世界トップクラスの接客を受けてみたい。そして、その経験をこの会でシェアする。そしてその資金を、クラウドファンディングで集めてみよう。そのためにも、この勉強会をもっと活性化させる必要がある。さて、次は何を仕掛けようか。

翔太は、このワクワクがさらにホテルマンの仕事へのモチベーションになる気がしていた。

2

「久しぶりにまた、将棋の話でも」

詩織はスマートフォンでそのメッセージを送信した。画面を見ながら、思わずため息をつく。我ながら素っ気ない内容だ。おそらく同世代の女子高生なら、絵文字やスタンプなどで〝女子力〟を演出するのだろう。しかし言うまでもなく、詩織の辞書にその三文字は載っていない。

「詩織さん、こんばんは☆　いいですね、ぜひ！　よかったらまた前回と同じカフェにしましょうか〜♪」

1分後に返ってきた雄基からのメッセージの方が、よほど女子高生らしい。雄基とは、こんなメッセージのやりとりが毎日どうにか続いている。しかしあれ以来、二度目のデートには至っていない。これまで恋愛に興味のなかった詩織でも、さすがにこのままでは進展しないことはわかっていた。

「では明日、前と同じカフェで。時間も同じ14時でいい？」

「わかりました～ d(*´▽`*)b　またボクの予備校が始まる前まででお願いします☆」

「了解。では明日」

「また詩織さんと将棋の話ができるの、とても嬉しいです(●´▽`●)」

いったい、雄基はどんな気持ちでこういった顔文字を選んでいるのだろう。そもそも、こんな顔文字をわざわざ入力するのは労力の無駄にしか思えない。

「こちらこそ」

目的を達成した文字だけの会話は、ここであっさり途切れた。

「恋愛って、人間にとってどんなメリットがあるのでしょうか」

かつて、詩織が翔太に投げかけたこの問い。あの頃はこんなことを考えることすら時間の無駄だと思っていた。さも正論のように恋愛をすすめてくる大人も嫌いだった。もちろん、あの講演会での翔太も。

一方で、一つ年下の雄基の存在が、その問いに向き合ってみようという気にさせていることもまた事実だった。

なぜ、いま私の心はモヤモヤしているのか。なぜ、私は年下の男と中身のないメッセージをやりとりしているのか。翔太とあの書店で行った対話は、いまも詩織に少なからずインパクトを与えていた。

機械的でない、論理では説明のつかないものにも等しく価値がある。そのことに納得した詩織は、いままで目を逸らしてきた分野にあえてチャレンジしてみようと決意する。明日の服装はまだ決まっていない。バカバカしい。服装なんて、どうでもいいではないか。

詩織はその晩、生まれて初めて一睡もできなかった。数学の問題に夢中になった晩を除いて。

3

勉強会は、次回でもう6回目になる。翔太はそろそろこの勉強会に「変化」が必要だと感じていた。

メンバーはみんな良識ある社会人だ。目的意識も高く、接客業ゆえコミュニケーション能力も高い。仕事を持つ大人が定期的に集まる場としては、質の高いものになる予感がしていた。だからこそ、この会のギアをさらに上げる仕掛けがほしかった。

「これがまさにアイデアを出すってことだな……」

翔太は自宅マンションの一室で独りつぶやきながら、詩織がアイデアを出す時に何をしていたかを思い出していた。

紙と、ペン。

詩織は、ほとんど紙とペンだけで数学をしていた。翔太は詩織にならって机の上にメモ帳とボールペンを置き、インスタントコーヒーを淹れて準備を整えた。

Q サークルをより活性化させるためには？

翔太はノートにそう書き、そこから詩織の教えを思い出していた。アイデアを出す時のキーワードは4つあった。「くっつける」「分ける」「逆にする」「ずらす」だ。

まずは「くっつける」というワードを自分自身に問いかけてみる。くっつける。何と何を？ 何と何をくっつけると、会の活性化につながる？ 翔太はこのようなアイデアをノートに書き留めた。

A1 「日本に住む外国人」が集まるコミュニティとのコラボ

会のメンバーの多くが悩んでいることの一つがインバウンド、つまり外国人旅行者への接客だった。そこで、いま日本に住む外国人からインバウンドについての情報を教えてもらうことで、メンバーの知見にしようと考えた。

翔太はさっそく、そのようなコミュニティがないか調べてみることを今後のタスクにした。何か新しいものをくっつけることで、一気に視界が開ける。詩織が、数学と論理を使って教えてくれたことだった。

同じように思考を進めることで、最終的には4つのアイデアがまとまった。

A1　「日本に住む外国人」が集まるコミュニティとのコラボ
A2　数回は業種別に開催することで、より専門的な情報交換を実現させる
A3　逆に「接客されることが仕事」の人をゲストに呼んではどうか
A4　いつもの平日夕方6時スタートを、朝の7時にずらしてみるのはどうか

「分ける」という考え方で生まれたのがA2のアイデアだ。ときめく接客勉強会という〝円〟を小さな図形に分けるイメージ。まさに、詩織が紙とペンで説明してくれたイメージそのままだ。

「逆にする」の考え方で生まれたのがA3のアイデア。この会のメンバーは「接客すること」が仕事の人ばかりだが、逆に「接客されること」が仕事という人たちの視点も知りたくはないかと翔太は考えた。

たとえば、大手企業の経営者を始めとするエグゼクティブは移動時や飲食時など、

どこにいっても上質な対応を受け、丁重に扱われているはずだ。そういう人物から見た「接客」とは何かを語ってもらうことも、よい刺激になると考えた。逆から見ることで違った視点が手に入る。これも詩織が、数学が教えてくれたことだ。

「ずらす」はA４のアイデアだ。同じ曜日や時間帯だと、当然ながら参加者も同じメンバーに片寄る。さまざまなライフスタイルがある現代。曜日や時間帯をずらすことで参加者の顔ぶれも変わり、コミュニティが活性化すると考えた。既存のものを少しずらすだけで変化が起こる。その変化のおかげで思わぬ果実を手にすることもある。詩織は「数列」を使ってそう教えてくれた。

「ま、とりあえずやってみるか」翔太はまた独りつぶやき、コーヒーを一口啜る。そしてコーヒーで思い出す。おい、論理ガール。そういや「あの問題」はどうなった？

4

詩織は約束の10分前にカフェに入った。雄基はまだ来ていない。案内された窓際のテーブルには、初夏を思わせる強い日差しが差し込んでいる。前とはデザインの違うデニム地のスカートは、ちょうど3日前に購入したものだ。

「ご注文がお決まりになりましたらお呼びください」と言う女性店員に目で挨拶した後、テーブルに置かれた水をひと口流し込む。私は、なぜ緊張しているのだろう。落ち着かない気分を紛らわせるため、詩織はここで一つの問題を自らに提示した。一回り近く年上のあの男には遠慮なく言いたいことが言えるのに、なぜ一つ年下の雄基にはこうも緊張するのか。

「この問いは数学的にどう解釈できるだろう……」そんなことを心の中でつぶやきながらぼんやり外を眺めていると、雄基が歩いてくるのが見えた。詩織に気づいた雄基が、満面の笑みで手を振る。

「詩織さんすいません、待たせちゃいました？」

「私もいま来たところ」

二人はアイスコーヒーを注文した。たしか前はホットコーヒーだったな、と詩織がぼんやり考えていると、同じことを雄基が笑顔で言った。自分の心を見透かされているようで、詩織の脈が速くなる。

「予備校は何時から？」

「15時半からですね。前と同じです。15時に出ます」

だとすると、ここでの所要時間はおよそ1時間。詩織の想定通りだ。昨夜じっくり考えた会話の展開を、脳内で確認する。いきなり恋愛の話はしない。というかできない。共通の話題は将棋。これが最大の武器になる。

まずは、AIと将棋が対決した話題から入るのが無難か。続いて、いま快進撃を続ける中学生棋士の話題がベターだろう。さらに将棋と論理的思考の関係について持論を述べようかとも考えたが、さすがに話題が固すぎる気もする。

そうだ、ここはあの男のやり方を見習おう。自分ばかり話すのではなく、相手の話を引き出さなければ。対話の後半で、雄基の趣味や価値観について話を振ってみるのが得策だろう。徐々にプライベートな話題に入っていき、いま雄基に〝相手〟がいるのかもできれば……。今日はそのあたりまでの情報収集で十分としよう。

以上が、詩織の作った2回目のデートの方程式だった。

「……そういえば、将棋以外のあなたの趣味は？」

30分ほど経過したころ、プラン通りの質問を雄基に投げかける。ここまでは順調だ。前半は両者互角、いよいよ後半勝負といったところか。

詩織は無意識にアイスコーヒーを口にする。氷で薄まったコーヒーは決して美味しいとは言えないが、いまの詩織にはそんなことはどうでもよかった。

「趣味、ですか」

「……」

「逆に詩織さんは何かあります？　聞きたいなあ」

その切り返しに詩織は戸惑う。そんな返答は想定していなかった。詩織にだって、趣味と呼べるようなものは他にない。「数学かな」という言葉が〝模範解答〟でないことは、さすがの詩織もわかっていた。

「……しいていえば、料理かな」

嘘だった。自宅の祖母に任せっきりだ。掃除や洗濯は率先して手伝うものの、料理に関してはほとんど興味がない。しかし、ここではそう答えるのが精一杯だった。

よく考えてみれば、部活とは別に「趣味」と言えるものを持っている高校生など、そういるものではないのかもしれない。相手からの想定外の返答。そして自らついた不本意な嘘。まったく論理的でない。少しも美しくない。やはり、恋愛は数学の方程式のようにはいかない。

「料理！　いいですね〜！　どんなもの作るんですか？」

「……」

詩織は黙り込んでしまった。急に険しい表情でテーブルの上を見つめる。その様子を雄基が怪訝な表情で覗き込む。次の瞬間、スッと顔を上げた詩織が雄基の目をまっすぐに見た。

「回りくどいことは好きではないので、単刀直入に質問します」

「えっ？」

「質問は5つ」

「え？　あ、はい……」

「1、いまあなたに交際している女性はいますか。2、もしいなければその相手への条件は。3、その条件が複数ある場合の優先順位は。4、仮にその中に年齢に関するものがあった場合、1つ年上の女性については対象に入るか否か」

「え？　あ……」

「5、参考までに、これまでの交際歴も差し支えなければ。できれば具体的な数字で」

まるでロボットのように抑揚なく、なおかつ聞き取るのが精一杯なほどの早口で、詩織はその質問を終えた。絶句する雄基。

ふと我に返り、詩織は視線をテーブルの上に戻す。もう雄基と目を合わせることができない。雄基はその質問が〝一つ年上の女性からの不器用すぎる告白〟であることを、その場の空気から察した。

「あ、あの、えっと……」

雄基も不器用に、その質問に対する答えを伝え始める。その答えは、詩織が期待していたものではなかった。

雄基の話が終わってからどれくらいの時間、沈黙が続いただろうか。タイムリミットまで10分以上残し、雄基は詩織に向かって何度も頭を下げながら店を出て行った。詩織は、しばらく席を立つ気になれなかった。

やっぱり、恋愛なんて私には必要ない。労力をかけるだけ無駄なものだ。そう思いかけたが、５秒後、詩織は自らその結論を否定した。なぜなら、〝ときめき〟が効率よく手に入るものが現実世界の恋愛だと、以前にあの男と数学が教えてくれたからだ。ここでまた元の自分に戻ってしまっては意味がない。

テーブルには、前回と同じように５００円玉が置かれていた。ただ前回と違うのはコーヒーの温度、そしてこのタイミングであの男が偶然やって来ないこと。あの時、恋愛のメリットだけでなく告白のノウハウも聞いておけばよかったと、詩織はほんの少し後悔した。

デニム地のスカートが、精一杯のアピールだった。しかしいま思えば、雄基にそれをちゃんと見てもらっていなかった。せめて気づいてほしかった。いや、それは数学的じゃない。テーブルの位置と大きさ。座った時の座高。視線の角度。少し計算すればわかることだった。だから大人のカップルはカウンターに座るのだろうか。薄いはずのアイスコーヒーが、とても苦く感じた。

5

5年後も、ホテルマンの仕事は続ける。最近楽しくなってきた勉強会の活動ももちろん続ける。翔太はそう決めた。

まだ、明確に思い描ける将来像はない。しかし、自分にはまだまだホテルマンとしてできることがある気がしていた。そう思わせたのは、詩織のあの言葉だった。

「ちなみにあなたはホテルマンですが、これからAI時代を迎えるにあたり、ホテルマンの仕事は人間がやらなくてもよくなるのでは？　つまり、これまでの人間の仕事とこれからの人間の仕事は変わってくるのでは？」

青陽高校の職員室を覗きながら交わしたあの会話。この後に思わず声を荒らげてしまったことを、翔太はいまでもたまに思い出す。改めて自分の仕事とは何かを考えてみることで、翔太の中である整理ができていた。

これまで、翔太の仕事はお客様に対して機械的にサービスを提供し、機械的に「ありがとうございました」と発することだった。自身はそういう認識ではなかったとしても、実際の翔太の仕事ぶりはその表現がピッタリくるほど血が通っていないものだった。

これからのホテルマンの仕事とは何か。翔太はお客様に「ありがとう」と言ってもらうことだと定義してみた。お客様からの「ありがとう」の数が増えれば仕事の成果も、自身の仕事への満足度も上がる。そのことはすでに数学が証明している。その結論に納得した翔太は、ある日のスタッフ会議で提案してみた。

・男性客にシューキーパーを貸し出す
・女性客に足裏シートをプレゼントする

翔太が勤めるホテルはいわゆるビジネスホテルで、男女問わず出張客の利用が多い。そこで、チェックイン時に必要と思われるお客様にフロントがさりげなく案内し、喜んでもらおうと考えた。

普段、革靴にシューキーパーを入れて保管している男性ビジネスパーソンはそう多くない。しかし、おしゃれにうるさい翔太はそれを実践していた。革靴は大切にした方がいい。ビジネスパーソンなら誰もが頷くはずだ。だからこそ、このような提案はきっと喜ばれると考えた。

女性向けの足裏シートは、翔太がかつて付き合っていた営業職の女性がいつもドラッグストアでそれを買っていたことにヒントを得た。出張先の外回りで足が痛い。でも次の日もヒールを履かないわけにはいかない。そんな女性客に「ありがとう」と言ってもらうためにはどうしたらよいかを考えた末に得たアイデアだった。

「コンセプトは、〝お客様の足元に愛を〟です。ちょっと恥ずかしいっすね」

翔太の会議でのプレゼンはおおむね好評だった。基本的にこのホテルに来るのは、疲れた状態のお客様だ。お客様が、特に疲れているのはどこか。足元ではないだろうか。ならば、そこにおもてなしの精神を向けようじゃないか。翔太の提案はすぐに採用され、翌週からさっそく実施された。

スタッフ全員で考えた、「お客様の大切な〝足もと〟にもおもてなしをさせていただきたい」という殺し文句（？）は、まるで魔法のように一瞬でお客様を笑顔にした。

「ありがとう」

チェックイン時も、チェックアウト時にも、お客様からのその言葉が多く聞こえるようになった。翔太は素直に嬉しかった。その言葉だけで今日も明日も頑張れた。

仕事をすることの喜びって、たぶんこういうことだ。あの数学的モデルは、おそらく真実を語っているのだろう。

6

黒板に、教師があくびを噛み殺しながら数式を殴り書きしていく。まったく美しくない。

こんなおざなりの授業で、数学が面白いと感じられるわけがない。窓際に座っている詩織は、そんなことを考えながら窓越しに校庭を眺めていた。体育の授業だろうか。

ジャージを着た生徒たちが、まるで遊んでいるかのようにじゃれあっている。

遊び心。翔太から「足りない」と指摘されたものだ。自覚はしている。こんな女子高生、可愛げのかけらもないし、友達ができるわけがない。事実、この高校に来てからずっと、詩織は孤独だった。

「こんなレベルの同世代と友達になっても、私にとってメリットがない」

かつて、祖母にそう愚痴ったことがある。しかし、祖母は小さく笑みを返すだけで何も言わなかった。きっと言いたいことはあったはずだ。でもそれ以上の対話は、その時の詩織も求めていなかった。

意識が「いま」に戻る。数学の授業が淡々と進んでいる。遊び心。言葉ではわかる。でも、たとえばどういうことなんだろう。あの男に言われた言葉が蘇る。

「ふざけるとか、壊れるとか、乱れるとか、夢中になるとか、そういうことないの？　うまく言えないけど、キミには〝スキ〟がなさすぎる」

再び校庭を見る。女子生徒たちが、大きな口を開けて手を叩きながら笑い合っている。どうせ低レベルの会話をしているのだろう。でも……。

授業は、教科書に書かれた応用問題の解説に入ろうとしている。「誰かこの問題を説明できるやつ、いるか？」教師が言い放つ。誰もいない。こういう時は必ずいつもの展開になる。

「じゃあ桜井、どうだ？」

詩織は誰にも取れないボールを完璧に受け、答え、教師はその答えをただなぞる。

「どうせ最後はアイツが拾うから」というこの空気。いつも同じ。予定調和。退屈きわまりない。

「結論、つまり正答は（x，y）＝（5，11）です」

即答する詩織。しかし、誰も詩織の方など見ない。あの男なら、こういう時にどう〝遊び心〟を表現するのだろう。無意識にそう思っている自分に、はっとする詩織。少しも尊敬できない大人だったはずのあの男から指摘されたことは、いまの自分を変えるヒントだったのか？　気がつくと、詩織は話し始めていた。

「ところで先生、そしてみなさん。〝セクシー素数〟ってご存じですか?」

「……は?」

「セクシー素数、です」

「セ……?」

盛大に無精ひげを生やした教師の声が裏返る。眠そうにしていた生徒たちが、「何ごと?」という顔で詩織の方を見る。

「セクシー。この言葉から何を連想しますか?」

教室が急にざわつき始める。好奇の眼差しで見ている生徒たち。当然だ。彼らにとって桜井詩織は、教師が求める答えしか口にしないロボットと定義されていたのだから。

「そりゃ、アレしかないっしょ〜」

これまで一度も詩織と言葉を交わしたことのない男子生徒が、ニヤニヤしながら言う。それにつられて、周囲からクスクスと笑いが起こる。

「いま、皆さんが頭の中に思い浮かべている意味ではおそらくありません。セクシー素数のセクシーとは、性を意味する〝sex〟ではなく、ラテン語で6(six)を意味する〟sex〟に由来しています」

熟睡していた別の男子学生も、何ごとかと目をこすりながら詩織の方に視線を送る。

「すなわち、セクシー素数とは差がちょうど6になる素数のペアのことをいいます。もっとも小さいセクシー素数は、先ほどの問題の答えでもある（5，11）です。実は、こういう性質を持つ素数のペアはたくさんあります」

教室内に小さなざわめきが生まれた。起きたばかりの男子生徒が、的外れなことを言い放つ。

「え、じゃあ年齢差が6のカップルはセクシーってこと？　あれ、違う？」

教室中がどっと沸いた。教師までが大口を開けて笑っている。いままで、数学の授業でこんなことはなかった。授業が終わった瞬間、何人かの生徒が詩織のそばに寄ってくる。詩織は戸惑った。いままで一度も話しかけてこなかった、同世代の人間が声をかけてくる。でも、不思議と悪い気はしなかった。

また数字で遊んでみよう。次は双子素数にしようか。完全数。友愛数。何でもいい。

そういえば、あの男が言っていた〟スキがある〟とは具体的に何を表しているのだろう。そもそも〟スキ〟の定義は何だ……。そう思いかけて、詩織はその思考をすぐに

〈セクシー素数〉

(5, 11), (7, 13), (11, 17), (13, 19), (17, 23),

(23, 29), (31, 37), (37, 43), (41, 47), (47, 53),

(53, 59), (61, 67), (67, 73), (73, 79), (83, 89),

(97, 103), (101, 107), (103, 109), (107, 113),

(131, 137), (151, 157), (157, 163), (167, 173),

(227, 233), (233, 239), (251, 257), (257, 263),

(263, 269), (271, 277), (277, 283), (307, 313),

(311, 317), (331, 337), (347, 353), (353, 359),

(367, 373), (373, 379), (383, 389), (433, 439),

(443, 449), (457, 463), (461, 467), ……

※ 素数とは1より大きい自然数で、
正の約数が1と自分自身のみである数のこと

止める。話しかけてきたその同級生の笑顔が、やけに眩しかった。

7

3月下旬。朝のニュースが、九州や四国で桜の開花宣言が出たと報じている。

その日、県立青陽高校は修了式を迎えていた。まるで何かを祝福するかのように、雲一つない青空が広がる。

式典と教師の最後の挨拶が終わると、詩織はすぐに校門に向かって歩き始めた。同級生たちは「高校2年生」という肩書きへの別れを惜しむかのように教室に残り、記念撮影にいそしんでいる。

詩織は「3年生」という選択をせず、シアトルの大学にいわゆる「飛び級」で進学することに決めた。この青陽高校でそれを知っているのは担任教師だけ。あれから少しだけ会話をするようになった2、3人の同級生にもそれは黙っていた。伝えたところで自分の人生には影響しないし、決心が揺らぐわけでもない。

　あと30メートルほどで、日本での高校生活が終わる。特に感慨はなかった。むしろ早くこの制服を脱ぎたい気持ちの方が強いだろうか。

　校門まであと10メートルほどまできた時、校門のそばに一人の男性が立っているのが見えた。この季節にしては薄手のジャケットを着ているせいか、身体を小刻みに震わせている。うつむいた状態でスマートフォンを操作しているその顔を、見間違うはずもなかった。

「あの」

　詩織の声に、ようやく翔太は顔を上げる。

「おう」

「ここでいったい何を？」

「……ま、ちょっとな」

　詩織は表情を少しも変えることなく、校門の入り口まで歩を進めた。卒業まであと1メートル。ふくざわ書店での立ち話から、半年以上が過ぎていた。翔太にとってメガネをかけた制服姿の詩織を見るのは講演会の時以来、二度目だ。あの時に比べて詩織の髪がだいぶ伸びていることに気づいたが、そこには触れないことにした。

「俺、ホテルマンだから平日休みでさ。で、調べたら今日が修了式だって」

「また講演会で退屈な話でもするのですか？　もう修了式は終わっていますけど」

「あ？」

相変わらずの切り口上。変わってないなと思いつつ、翔太は用件を切り出した。

「まああれからさ、俺もいろいろやってみたわけよ」

「……」

「それでさ」

「……」

「何つーか、数学って結局何だったのか、どうしても〝これ〟って言葉がほしくてさ」

「？」

「数学とは何か。これもまた一つの〝数学の問題〟にならないかなと思ってよ」

二人の耳に入ってくるのは、小鳥の鳴き声と、遠くで高校生たちが騒ぐ声だけ。風が少しだけ詩織の髪の毛を揺らす。両手をポケットに入れた翔太の身体は、まだ小刻みに震えていた。

「納得したいんだ。キミに教えてもらったこと。キミとした会話が、俺の人生にとってとても大事なものだったんだと。講演会で俺が最後に言った、〝将来役に立たない学問はしない方が賢い〟はきっと正しくないと思うんだ。そのことにも納得したい」

「そうですか」

「……」

沈黙を破ったのは、詩織からの想像もしない一言だった。

「いまから私の家に来ませんか？　ここから歩いてすぐです」

「え？」

「ご心配なく。祖母がいます。それに、寒そうなので」

「あ……」

詩織は再び歩き始め、その〝ライン〟を越えた。日本での高校生活のまさに最後の瞬間を、まさかこんなに近くで見届ける人がいるなど思ってもいなかった。

8

その和室には、一台の将棋盤を挟んで座布団が2枚敷かれているだけだった。すぐ隣には小さな台所があり、詩織の祖母、安代《やすよ》がお茶を淹れてきてくれた。

「たまに詩織は、ここでこの将棋盤を一人で見つめているんですよ。私は将棋がまったくわからないから可哀想だったの。よかったわ」

「ちょっと、やめて」

気まずそうに詩織がさえぎる。安代は二人にお茶を差し出すと、軽く会釈して和室を出て行く。「恐れ入ります」と恐縮の言葉を発する翔太。さすがに少しは緊張するようだ。

「足、崩してください。私は慣れていますから」

普段はまったく正座をしない翔太の両足は、座って3分で限界を迎えていた。詩織の言葉に甘え、足をゆっくり動かす。真一文字に結んだはずの口からは、やがて「イテテ」という悲鳴がもれ出てくる。

「将棋のルール、わかりますか？」

「まあ、どうにか駒の動きくらいは。〝角〟は斜めに進めるんだろ？」

「……」

「おい。俺は将棋をやりたいとは言ってないよな」

数学とは何か。それが聞きたいと翔太は言った。これまでの対話で翔太はいままで知らなかった世界を知った気がした。人生においてどう役立つものなのか、何のために学生時代の授業はあったのか、おぼろげながらわかった気がしたのだ。

大げさではなく、数学というもののイメージが180度変わった気がした。まさか、自分がここまで数学というものに興味を持つとは夢にも思わなかった。だからこそ、はっきり言葉にしたいと思うようになった。そして、翔太がそう思う理由はもう一つあった。翔太には、ずっと解けなかった謎が一つあるからだ。

「実はさ、死んだ親父が言ってたんだよ」

「？」

「〝もし学生時代に戻れるなら、間違いなく数学をしっかり勉強しとくだろう〟って。その時は意味わかんなくてさ。何言ってんだコイツ、くらいにしか思えなくて」

「……」

「でさ、キミに会っていろんな話をしただろ？　少しずつ思うようになったんだよ。あの時親父が言っていたことの意味は何だったのか、って」

「私にはわかりません。私はあなたのお父様ではありませんから」

「そんなことわかってる。でも、答えに近づきたいとは思うんだ。だからキミの考えを聞きたい。数学って人間にとって、いや俺にとっていったい何なのか。もしそれに俺が納得できればそれで十分だし、納得できなければ、また別の答えを探すだけだ」

そこからの沈黙はとても長く感じた。おそらく、すでに詩織にはその答えがある。しかし、それを伝えようかどうかを悩んでいる。翔太は直感的にそう思った。

「唯一の正解なんてない。その人が納得すれば、それがその人にとっての答えです」

「ああ」

「私のシアトル時代の恩師は、〝数学とはモデルの学問である〟と教えてくれました」

「モデル。そういえばキミとの話の中で、数学的モデルってやつがたくさん出てきたよな」

「ええ。ですから、これも一つの解釈だと思います」

「ああ」

「一方、フランスの数学者、ポアンカレはこう言っています。〝数学とは、異なるものを同じものとみなすアートである〟と」

翔太には〝アート〟という言葉がしっくりこなかった。数学のいったいどこが芸術なのか。その胸のうちを知ってか知らずか、詩織は言葉を続ける。

「覚えていますか。最初に会った時、私は人間関係を円で表現しました」

「ああ、覚えてる」

「AとBは違うようでいて、実は同じ構造をしている。ゆえにAの性質とBの性質も同じである。こう論述するのが数学です。そう説明できるシンプルさが美しいのです」

詩織の話を聞きながら、翔太は「ときめく接客勉強会」のことを思い出していた。クオリティの高い人間関係は、円と同じ構造をしている。たしかにシンプルだと思う。ただそれを「美しい」と思えるようになるには、俺はもう少し数学と向き合う必要があるのかもしれない。

「ふーん。それもまた、〝数学とは何か〟という問いの一つの答えなんだな」

「ええ」

「で、キミはどうなんだよ。正直さ、モデルの学問とかアートとか言われても、俺のようなド素人にはピンとこないわけ。もっと身近で、誰もがイメージできる解釈って、できないものかね」

翔太のリクエストは至極もっとも。詩織はそう思った。もっとシンプルで易しい意味づけができるのではないか。詩織は数学に夢中になった時から、ずっとそう思ってきた。そして考え続けてきた。その結論はいま、心の中にある。詩織はその答えを、初めて人に伝えてみることにした。

「数学とは、人生を語り合うための最強の〝言葉〟である」

9

それは、すぐに翔太の心に入っていかなかった。できれば詩織が次の言葉を発する前に、「おお、なるほどね」と自分から伝えたかった。

気づけば、翔太は目を閉じていた。これまで二人でしてきたことを思い出す。

これまでしてきたことが数学だとするならば、それがそのまま〝数学とは何か〞の答えになるはずだ。これまで二人でしてきたことはいったい何だったのか。そう考えた時、翔太の頭にある言葉が浮かんだ。それは「対話」だった。

思えば、これまで翔太は間違いなく詩織と「対話」をしてきた。人間関係のこと、お金のこと、仕事のこと。あるいは遊び心、恋愛。人が生きていく上で不可欠なことをテーマに、対話してきた。対話を通じて納得し、具体的な行動に落とし込んできた。

そう考えた時、翔太は「数学とは、人生を語り合うための最強の〝言葉〞である」という解釈がスッと腹に落ちた。

そうだ。言葉を使ってきたのだ。数学とは、人生や世の中を考える上で必要な言葉、ツールなのだ。それも極めて基本的で、世界中で使われている共通言語だ。

「なるほど」

翔太は閉じていた目を開き、そうつぶやいた。詩織は軽く頷き、再び話し始める。

「この主張が本質的かどうか。人に伝えるに値するかどうか。実はあまり自信がありませんでした。あくまで私の仮説に過ぎなかったからです。仮説は検証し、実証されて初めて真実になる。だから、ずっと確信がほしかった。シアトルでアメリカ人の同級生とできたことが、日本人同士でも、そして年齢を超えても可能かどうか」

「……」

「かのピタゴラスはこう言っています。多くの言葉で少しを語るのではなく、少しの言葉で多くを語りなさい、と」

「……」

「数学というほんの少しの言葉で、多くのことが語れるのだと」

「……」

「しかし、このことは、一人では実証不可能です。数学が言葉であることを証明するためには、どう考えても一人ではダメなのです。だから、対話が必要でした」

「……だからあの時」

その瞬間、なぜ詩織があの時教室で翔太に声をかけたのか、その理由を心の底から理解した。数学を使って対話することで、お互いが知らないことを知り、答えのない問いについて考え、納得したものを行動に移してみる。桜井詩織は、福山翔太という人間と対話することで、数学とは世界共通の言葉であることを証明していたのだ。

「以上、証明は終わりです」
「これまでの俺たちの対話がまさに、数学そのものだった」
「ええ、私はそう考えています」
「なぜ、最強なんだ？」

その質問に、詩織はほんの少し沈黙した。翔太をまっすぐ見つめるその目は、どこか優しい。そして口を開く。その答えは、あまりに詩織らしくないものだった。

「人間にたくさんの〝ときめき〟をもたらしてくれるからです」

10

和室に飾られている鳩時計は、11：30を指していた。この部屋にもう30分もいることになる。長居は避けたい、そう思っていた翔太に、詩織は正反対の提案をしてきた。

「指してみませんか。将棋」

詩織はそう言うと同時に将棋の駒を取り出し、素早い手つきで並べていく。詩織の並べた駒の位置を確認しながら、翔太も同じように並べていく。

「あのさ」

「何でしょうか」

「結局、数学って人生の役に立つんだよな？」

詩織がこれまでの人生で、何度も対峙してきた問い。そのたび同じことを結論としてきた。いまから翔太に伝える内容もまったく同じものだ。しかしいま、その答えにさらに納得できている自分がいる。確信を持って答えることができる。

それは、一緒に数学をしてきた目の前の人物のおかげでもあった。詩織はそれに心の中で感謝しながら、〝いつもの答え〟を翔太に伝える。

「結論からいえば、ＹＥＳです。ただ、損得を基準にして数学と関わっても、そこから生まれるのは苦痛だけです。余計なことは考えず、まずは向き合ってみることです。そして悩んだ時、苦しい時、迷った時、解決を放棄するのではなく、数学という言葉に置き換えて考えてみてほしいのです。もし納得できたら、きっと心がときめきます。そして行動に移せます。これが、人が数学を役立てるということだと私は思います」

「……」

「だからあなたも、いまからでもきちんと数学と向き合ってみてください。数学と向き合うのに遅すぎることはない、と私は信じています。ただし、すぐに役立つかどうかという〝計算〟をしないでほしいのです。きちんと学んで本質を知ることができれば、自ずと人生に役立っているはずです」


将棋盤の上に駒が整然と並んでいる。二人の対局が始まる。翔太はチラリと詩織の表情をうかがう。詩織と将棋を指すのは、間違いなく初めてだ。しかし、不思議と初めての気がしない。何回も対局していたような、そんな感覚だった。二人の対話は未来について展開していく。

「ホテルマンの仕事は、これからも続けるのですか」

「ああ、しばらく続けるつもり。そういえばキミは4月からどうすんだ？」

「3日後にシアトルに戻り、向こうの大学に入学します。日本の学校は卒業です」

「いわゆる〝飛び級〟ってやつか」

「そこで、まったく勉強しないで過ごしてみるつもりです」

「はぁ？」

「だってあなたは学生時代、ほとんど数学を勉強しなかったと言いましたよね」

「ああ、まあそうだけど」

「あえて〝逆〟のことをしてみる。数学を学べる環境で、数学を学ばない。それで何が起こるのか。どう感じるのか。遊び心です」

「ふん。あまり勧めないけどな」

「私は両親を見ていて、大人になるのがイヤでした。正直、この世の中で生きていくことに前向きになれませんでした。退屈でした。けれど数学だけは、私の心をときめかせてくれました。だから夢中になりました。これからも永遠に、数学は私にとってパートナーであり、言葉です。数学があるから、生きていける」

「……」

「あなたみたく、論理の世界を逸脱した大人になりたいとは思いません。でも……」

「でも？」

「でも、一度違う世界を覗いてみるのも悪くないかな、とは思っています」

「それ、褒め言葉？　ならちゃんと褒めろよ」

クスリと笑う詩織。17歳の少女らしい、可愛らしい笑顔だった。

「お願いがあります」

「何だよ」

「将棋をしっかり勉強しておいてください」

「何でだよ」

その答えは飲み込んだ。詩織は先手を指すため、「歩」の駒を右手でつまむ。いつかまたこの対局の続きが実現することを心の中で願い、その駒を再び将棋盤に置く。

瞬間、「パチン」という乾いた音が部屋に響いた。詩織には、一つ前に進んだその「歩」が、自分自身に見えた。

幾何学の父

エウクレイデス

<紀元前 330- 紀元前 275 頃 ?>

英名、ユークリッド。古代ギリシアの数学者・天文学者。数学史上最も重要な著作の一つ『原論』（ユークリッド原論）の著者であり、「幾何学の父」と称される。幾何学とは図形や空間の性質を研究する分野。本編で登場した円や三角形の性質も、立派な幾何学である。

万物は数なり

ピタゴラス

<紀元前 582- 紀元前 496>

古代ギリシアの数学者・哲学者。「あらゆる事象には数が内在しており、宇宙のすべては人間の主観ではなく数の法則に従い、数字と計算によって解明できる」という思想を確立した。

ギャンブルの勝ち方を数学的に考えた

ジェロラモ・カルダーノ

<1501-1576>

イタリアの数学者。本業は医者、占星術師、賭博師、哲学者でもあった。金遣いが荒く、効率的なサイコロ賭博の方法を初めて数学的に考え始めた人物であり、これが現代の確率論につながっているとされる。

座標を発明した哲学者

ルネ・デカルト

<1596-1650>

フランスの哲学者・数学者。２つの実数によって平面上の位置を表す「座標」という考え方を発明。現代でも、小学校の算数で教えられるほど一般的なものになった。「近代哲学の父」とも称される。

微分積分学の起源

ゴットフリート・ライプニッツ

<1646-1716>

ドイツの数学者・哲学者。当初ニュートンの未発表論文を盗作したと疑われたが、後に独自に微分積分学を確立し、ニュートンとそれぞれ独立に微分積分学の発展に貢献した一人と認められた。

彼こそ天才

カール・フリードリヒ・ガウス

<1777-1855>

ドイツの数学者・物理学者・天文学者。桜井詩織が愛する天才。言葉を満足に話せるようになる前から、誰から学ぶこともなく計算ができたといわれ、子供の頃から神童ぶりを発揮。19世紀最大の数学者の一人といわれている。

関数に魅了された男

カール・グスタフ・ヤコブ・ヤコビ

<1804–1851>

ドイツの数学者。多くの数学分野において重要な貢献をしてきたが、主に解析学（関数の性質を研究する）に関心を持つ。行列式の理論における創始者の一人にも数えられ、ヤコビ行列という名称も現代に残っている。

イプシロン-デルタ論法の提唱者

カール・ワイエルシュトラス

<1815–1897>

ドイツの数学者。本編で桜井詩織が述べている「イプシロン–デルタ論法」はワイエルシュトラスの業績とされる。高校教員として数学のほか国語、地理、さらには体操まで教えていたという逸話が残っている。

才能あふれるイケメン数学者

ルイス・キャロル

<1832–1898>

イギリスの数学者。本名チャールズ・ドジソン。ルイス・キャロルという名は作家として活動する時のペンネーム。『不思議の国のアリス』の作者としてあまりに有名。若き日は身長180センチのすらっとしたハンサムな男性だったと言われている。

直感を信じた数学者

アンリ・ポアンカレ

<1854–1912>

フランスの数学者。数学だけではなく物理学でも多くの功績を残す。何よりも直感を信じるタイプの数学者として知られ、「数学者とは、不正確な図を見ながら正確な推論のできる人間のことである」という言葉を残したと言われている。

フェルミ推定の生みの親

エンリコ・フェルミ

<1901-1954>

イタリアの物理学者。本書の第２問で、桜井詩織が「人間が一生で使う金額」を短い時間で概算していたが、フェルミもあのような推定の達人といわれ、現代でも「フェルミ推定」は思考力トレーニングとして活用されている。

日本が誇る偉大な数学者

岡《おか》 潔《きよし》

<1901-1978>

日本の数学者。フランス留学時代に多変数複素関数論と出会い、発展は極めて困難と言われたこの分野において大きな業績を残す。2018 年には、同氏とその妻を描いたTVドラマ「天才を育てた女房」も放映された。

あとがき

最後までお読みいただき、ありがとうございます。あなたは桜井詩織と福山翔太、どちらにより感情移入できましたか？

なぜ、「ビジネス数学の専門家」として生きる私が「人生と数学」というテーマについて執筆しようと思ったのか。それには、次のような理由があります。

私が日々ビジネスパーソンと学生に対して数学的思考力の大切さを伝えていく中、毎日のように痛感することがあります。それは、「数学とは何か」を知らない人の多さです。たとえば、計算することが数学だと思ってしまっている人。公式を覚えることが数学だと思ってしまっている人。授業で説明された通りに問題が解ければ理解できたと思ってしまっている人……。本当にもったいないないと思います。

数学の本質がわからなければ、当然その人は数学的に考えることもできないし、数学的に生きることもできません。

では、「数学的に生きる」とは何か。

それは、人生において大事なことに向き合う時、数学で学んだ頭の使い方をする生き方です。それはあなたに多くの納得をもたらします。納得できると、人はそれを正しいと信じて行動できます。そして行動することで、人生が変わっていきます。そう、本編の翔太のように。


あなたはこの小説を通じて、数学の魅力とは何だと感じましたか。

本書を執筆しているうちに、高校時代、数学に夢中になった記憶が蘇ってきました。教室で一人、外が暗くなるまで数学の問題と向き合っていたこと。たった一つの問題が解けず、眠れぬ夜を過ごしたこと……。

なぜ、私は数学に夢中になれたのか。それは、わからないものがわかる、見えなかったものが見える「ときめき」があったからです。そしてそれは、数学を通してしか感じることのできない快感だと確信しています。


点と点がつながって、線になる快感。

霧が晴れて、視界が開ける快感。

そして「そういうことだったのか！」と納得する快感。

あなたはこれまで、そんな「思考の果てのときめき」という快感をどれくらい味わってきたでしょうか。日々に追われ、人間関係に煩わされ、納得のいくまで物事を考え、胸を踊らせる時間を持つことのできている人がどれだけいるでしょうか。

そんな方にも「数学でときめく瞬間」を気軽に体験してほしい。そう考えて、私は本書を小説の形であなたの手元に届けることに決めました。文中に登場する数式や図形については、なるべく中学・高校で学ぶ基礎レベルを選んだつもりです。

数学は学問や社会に役立つだけでなく、あなたの「人生」に役立つもの。

これが、かつてあなたが数学を学べる環境にいた理由です。どうか、あなたの大切な人にも本書を読ませてあげてほしいと願います。家族、恋人、友人、同僚、先輩、後輩……その大切な人に「数学的に生きる」という選択肢もあるのだと、ぜひ伝えてあげてください。

詩織は、数学的に生きてきました。
でも、それだけでは生きていけないことに気づきました。
翔太は、ただなんとなく生きてきました。
でも、このままではいけないと考えるようになりました。

人は異質なもの、避けてきたもの、そういった対象に向き合えた時、変わることができます。もしかしたらあなたも、これまで「数学」を避けてきたかもしれません。本書に向き合い、考え、詩織や翔太とじっくり対話した後には、きっとあなたの人生にポジティブな変化が起きるはずです。詩織と翔太が、それを証明してくれています。

あなたは、どう生きますか？
あなたの答えを、ぜひ聞かせてください。

２０１８年７月、猛暑の神奈川県某所にて
深沢真太郎

本書の次におすすめする数学の本

『数学は世界を変える あなたにとっての現代数学』
（リリアン・R・リーバー著／水谷淳訳・SBクリエイティブ）

不思議なイラストと独特の世界観。「学ぶ」や「読む」というよりは、「感じ取る」本です。解析・代数・幾何……数学の代表的な話題を体感できる読み物です。

『いかにして問題を解くか』
（G・ポリア著／柿内賢信訳・丸善出版株式会社）

多くの人に読まれる永遠の名著。数学にそれほど関心を持てない人でも、第2部までは読んでほしい。「問題を解く」とはどういうことかを教えてくれます。

『恋愛を数学する』
（ハンナ・フライ著／森本元太郎訳・朝日出版社）

著者はイギリスの女性数学者。TEDトークで話題になりました。数学はパターンを科学する学問。だとすると、恋愛を解き明かすこともできるかもしれません。

『数学を使わない数学の講義』（小室直樹著・WAC出版）

多くの方が認識する「数学」は残念ながら本質ではありません。だからこの不思議なタイトルは、決して不思議ではないのです。『論理ガール』と同じ思想を持つ1冊。

Special Thanks

「論理ガール」制作委員会

尾脇 優菜 Yuna Owaki

片桐 大 Dai Katagiri

桑野 麻衣 Mai Kuwano

柴田 桃子 Momoko Shibata

神長 博幸 Hiroyuki Jincho

髙田 忍 Shinobu Takada

高橋 一彰 Kazuaki Takahashi

高橋 果内子 Kanako Takahashi

田代 幾美 Ikumi Tashiro

勅使河原 祐子 Yuko Teshigawara

文野 巡 Jun Fumino

菱山 寛之 Hiroyuki Hishiyama

水月 むつみ Mutsumi Mizuki

水沼 美輝 Miki Mizunuma

宮原 裕一 Yuichi Miyahara

山口 朋子 Tomoko Yamaguchi

米谷 学 Manabu Yoneya

【著者紹介】

深沢真太郎（ふかさわ・しんたろう）

「数学でビジネスパーソンを救う」ビジネス数学の専門家

BM コンサルティング株式会社代表取締役
一般社団法人日本ビジネス数学協会代表理事

幼少から数学に没頭する。日本大学大学院修了後、予備校の数学講師となるも自らの指導理念との齟齬を感じ、わずか半年で退職。いきなりの挫折に一発奮起し、自ら“真逆の世界”と定義するアパレル業界への転職を決意。大手外資系アパレル販売員として、ゼロからのサラリーマン生活を経験する。

その後、数字を使ったロジカルな仕事が認められ、管理職として活躍。やがて「数学でビジネスパーソンを救う仕事」が今後の自分の使命と決意。2011 年、数学教育とビジネスパーソンの２つのキャリアを掛け算した「ビジネス数学」を考案し、研修講師として独立。その分野では唯一の専門家として、のべ 7000 人以上の文系ビジネスパーソンを劇的に変えてきた。リピート率は 100%。

著作は国内で累計 13 万部超。一部は翻訳され、多くの海外ビジネスパーソンに読まれている。特に、ビジネス数学をストーリー仕立てにした「数学女子智香」シリーズと『そもそも「論理的 に考える」って何から始めればいいの？』（以上、すべて日本実業出版社）の３作は、国内累計５万部超のベストセラーとなっている。

今回は、著者初・数学 × 人生がテーマの「数学的自己啓発小説」となる。

Lonely Girl
論理ガール　人生がときめく数学的思考のモノガタリ

2018 年 9 月 10 日　初版第 1 刷発行
2018 年 10 月 11 日　初版第 2 刷発行

著者　深沢真太郎
発行者　小山隆之

発行所　株式会社実務教育出版
163-8671 東京都新宿区新宿 1-1-12
http://www.jitsumu.co.jp
電話 03-3355-1812（編集）
03-3355-1951（販売）
振替 00160-0-78270
印刷　文化カラー印刷
製本　東京美術紙工

ISBN978-4-7889-1953-2 C0030